Über das Buch

Berlin-Prenzlauer Berg, neunziger Jahre: Der seine Wohnung nicht mehr verlassende Schriftsteller Brasch trifft unter ungeklärten Umständen auf den sizilianischen Totengräber und Kirchturmglöckner Gianluca. Dieser musste seine Arbeit aufgeben, weil die Höhenangst von ihm Besitz ergriffen hatte. Womöglich ist das auch der Grund, warum ihn auf seiner Auslandsreise das Rotkehlchen Giorgina, ein junges, abenteuersuchendes und rotweinverliebtes Vögelchen, begleitet. Gianluca macht Brasch ein diabolisches Angebot, das dieser nicht ablehnen kann.

Über den Autor

Peter Brasch wurde 1955 in Cottbus geboren, legte 1974 in Berlin das Abitur ab, nahm ein Germanistikstudium in Leipzig auf und wurde wegen Protests gegen die Biermann-Ausbürgerung exmatrikuliert. Er war als Dramaturg beim Rundfunk, als Regisseur und Übersetzer tätig, schrieb Kinderhörspiele und Stücke; 1999 erschien mit »Schön hausen« sein erster und einziger Roman. Im Juni 2001 wurde Peter Brasch tot in seiner Wohnung in Berlin-Prenzlauer Berg aufgefunden. Er ist der Bruder des Schriftstellers Thomas Brasch, des Schauspielers Klaus Brasch und der Rundfunkjournalistin und Autorin Marion Brasch, die für die Neuausgabe dieses Romans ein Nachwort geschrieben hat.

Peter Brasch

SCHÖN HAUSEN

Roman

Eulenspiegel Verlag

1

Am fünfundzwanzigsten Juni neunzehnhundertsechsundneunzig um sechs Uhr und einunddreißig Minuten fiel Gianluca Cardinale auf, dass er an diesem Sonntag nicht zur Arbeit gehen musste. Er hatte seine Anstellung als Kirchturmsglöckner von Checosabello aufgegeben, da er seit einiger Zeit an chronischer Höhenangst litt.

Doch weil es seine Gewohnheit war, zog sich Gianluca trotzdem an, verließ sein Haus und ging die stille Dorfstraße hinunter. Einige nachtschwärmerische Tauben und ein völlig übermüdeter Straßenhund waren die einzigen lebendigen Wesen, denen er begegnete. Gianluca versuchte dem Hund einen Kieselstein in den Hintern zu schießen, aber der Hund kannte auch diese Gewohnheit schon zur Genüge und war außerdem noch nicht müde genug, um dem Stein nicht ausweichen zu können.

Im Nordosten lag die Sonne, färbte den Nebel rot und kündigte einen heißen Tag an.

Warum scheint die Sonne eigentlich nicht nachts? Tagsüber ist es doch sowieso schon hell, dachte Gianluca und schoss einen zweiten Stein, diesmal in Richtung Taubenschwarm. Die Tauben gurrten kaum erschreckt auf, erhoben sich kurz, um sich einige Sekunden später auf demselben Platz niederzulassen.

Gianluca setzte sich auf eine Bank und dachte über seinen Nachfolger nach. Wenn für die Arbeit an der Glocke überhaupt noch ein Nachfolger nötig war, denn wie Gianluca es aus dem Kirchenvorstand hatte läuten hören, sollte bald ein elektronisch betriebenes Glockenspiel eingebaut werden.

Gianluca schlug die Beine übereinander und beobachtete eine einsame Ameise, die versuchte, einen für ihre Statur viel zu großen Zweig aus der Bruchrinne einer Steinplatte zu transportieren. Jeder andere hätte diese Sisyphosarbeit der Ameise laut verlacht und sie vielleicht aus Übermut totgetreten.

Nicht Gianluca. Er versetzte sich in das Innenleben dieser Ameise, und nach längerem Überlegen fiel ihm ein, dass auch seine Arbeit jeglichen Sinns entbehrte: Leute zu einem Dienst für einen Gott in die Kirche zu rufen, einem Gott, der sich nicht mal persönlich zeigte, weiterhin Gräber zu schaufeln, um diese Leute, wenn sie gestorben waren, dem Blick dieses Himmelsgeschöpfes zu entziehen und sie herzurichten, als wären sie nicht tot, sondern würden sich auf ihre Hochzeitsreise begeben. So musste er am kommenden Montag die Signorina Annetta Conspiranza Machiavelli für die Beerdigung präparieren: Waschen, Pudern, Schminken und Kämmen. Ihr schwerbrokatenes Hochzeitskleid hatte er bereits gestern ausgebessert, Eiscremeflecken entfernt, lockere Pailletten festgenäht, den Kragen gesäubert, und zum Schluss hatte er das Kleid gebügelt.

Annetta Conspiranza Machiavelli war die Schwester des Schwagers des Stellvertretenden Bürgermeisters von Checosabello, und dieser wiederum hatte viele enge Verwandte im Ort Corleone, berühmt und berüchtigt als Herkunftsort der Mitglieder einer auf der ganzen Welt bekannten Geheimorganisation. Diese Leute legten größten Wert auf die Kostümierung Annetta Conspiranzas als Braut, obwohl sie in ihrem Erdenleben nie verheiratet war.

Auch ihr Tod hatte eine seltsame Ursache. Auf dem Totenschein, den der Neffe des Bürgermeisters ausgestellt hatte, stand: Ersticken infolge Verschluckens einer Schollengräte.

Gianluca wusste genau, dass das nicht die Ursache war, denn Annetta hatte außer kleinen Sardinen, die sie stets penibel entgrätete, keinen Fisch gegessen. Hätte er jedoch diese Zweifel laut geäußert, hätte er sich gleich neben Annetta legen können – allerdings ungeschminkt und ungewaschen, mit dreckigen Schuhen, einem Loch in der Stirn und einem Zettel auf der Brust: Herzliche Grüße aus Corleone.

Die arbeitslose Ameise, die offensichtlich aus ihrem Staatsverband ausgeschlossen worden war, hatte ihren Zweig humpelnd etwa zwanzig Zentimeter weit getragen und ließ ihn zu Gianlucas Füßen fallen. Dann drehte sie sich um, spreizte ein Bein ab, als sei es ihr beim Tragen eingeschlafen, und ging zurück zu der Stelle, an der noch andere Zweige lagen. Beschäftigung ist alles, dachte Gianluca, man sollte sich nur nicht zu oft Gedanken darüber machen, wozu das gut ist.

Annetta Conspiranza blieben diese Wirrnisse künftig erspart. Unerfindlicher Tod mit knapp achtunddreißig Jahren, sinnlos, wie die allgemeine Rede war, aber gibt es eigentlich einen sinnvollen Tod?

Weitsichtig war sie ihr Leben lang, kurzsichtig ebenso, so dass sie stets mit zwei Brillen durch das Dorf gegangen war, eine für die Gesellschaftsspalte im Bello-Giornale und die andere für die Ferne, wenn sich das, was in der Spalte vorhergesagt wurde, hundert Meter vom Dorfplatz entfernt wirklich zutrug. So verbringt eine bebrillte Jungfrau in Sizilien ihren Lebenszenit, bis der Tod, getarnt als Fischgräte, sie um den Abend bringt, an dem sie vielleicht erfahren hätte, dass sie im fernen Chicago Erbin von drei Millionen Dollar geworden war. Irgendeinen Grund musste dieser Tod schließlich haben, denn nicht mal die beiden Brillen wollten die Verwandten Annetta für das Grab lassen, aus Angst, sie könne bei ihrer Auferstehung etwas sehen, das sie nicht sehen durfte.

Das dachte Gianluca, als er die immer klarer werdende Sonne gegen den Nebel kämpfen sah und beobachtete, wie die Einsameise den nächsten Zweig vor seine Füße schleifte, dort fallen ließ und sich zum dritten Mal der gleichen Tätigkeit zuwandte.

Wenn ich weiter hier sitzen bleibe, werde ich irgendwann glauben, die Einsameise baue im Auftrag der Cosa Nostra einen Scheiterhaufen für die tote Conspiranza, dachte Gianluca und stand auf. Er nahm sich vor, Annetta Conspiranza die beiden Brillen nach der Beerdigung wieder aufzusetzen, sie jeden Tag an ihrem Grab zu besuchen und ihr den Klatsch aus der Zeitung vorzulesen, einschließlich der Basket- und Fußballdivisionsergebnisse, dem Wetterbericht mit Pollenflugalarmstudien (Annetta war Allergikerin und empfindsam gegen Gräser und Linden) und allgemeiner Weltlage.

Wo liegt diese Welt nur, dachte Gianluca. Irgendwo, an einem Ort, der Checosabello heißt, benannt nach irgendeinem Schönen, der nicht weiß, was los ist, an einem Ort, in dem ich mir morgens früh um sechs Uhr am Sonntag die Stille um die Ohren schlage, einer Einsameise zusehe und über die Folgen des mysteriösen Todes einer potenziellen Braut nachdenke. Und ich bin mir nicht einmal sicher, ob die Conspiranza mich je im Leben eines ihrer weit- oder kurzsichtigen Blicke gewürdigt hat.

Auf dem Kirchturm hatte sich Gianluca nie gelangweilt. Irgendwelche Kirchturmstiere wie Fledermäuse und Seilfraßratten fanden sich jeden Tag ein, um mit ihm gemeinsam den Blick über Sizilien zu genießen und das Wetter für den kommenden Tag vorherzusagen.

Aber was nützte es Gianluca jetzt, die Weltlage und das Wetter vorhersagen zu können, wenn ihm auf diesem erhöhten Standpunkt schlecht und schwindlig wurde? Woher kam diese plötzliche Höhenangst mit nicht mal vierzig Jahren? War er nicht bescheiden genug? Zum Himmel hoch betrübt und zu Tode jauchzend. Höhenangst und Tiefenkoller. Vielleicht sollte ich besser Streckenwärter bei der höllischen Eisenbahn werden, sang Gianluca, während er über den leeren Platz hüpfte. Noch einmal versuchte er, mit einem Stein eine sich versammelnde Gruppe gurrender Tauben auseinanderzutreiben. Alle flogen auf, nur eine blieb. Sie schien etwas flügellahm und schon sehr alt zu sein, lüpfte gelangweilt und tieftraurig ein Augenlid, klimperte etwas kokett mit einer dreckverklebten Schwanzfeder, als wollte sie sagen: Nimm mich auf deinen Arm, Glockenläuter, und lass uns ein letztes Mal auf deinen Turm steigen, denn allein schaffe ich es nicht mehr. Lass uns zusammen zum letzten Mal einen Blick auf Sizilien werfen, bevor wir für alle Zeiten auf den Boden verdammt werden.

Gianluca wollte der Taube einen Vogel zeigen, doch die Taube neigte den Kopf ein wenig zur Seite und blinzelte in die große Morgensonne.

Ein letztes Mal werde ich es über mich bringen, auch wenn ich den Marktplatz vollkotzen muss, dachte er, nahm die Taube vorsichtig auf den Arm und betrat die Kirche.

Tante Grazie, hauchte eine tiefe, heisere Stimme. Gianluca wollte zurück auf den Platz gehen, weil er Angst bekam, aber die Taube schmiegte sich bettelnd an sein Ohr. Es war keine akustische Täuschung. Die Stimme kam allem Anhör nach aus dem Bauch der Taube.

Es ist mir völlig egal, wer deine Tante ist und wie graziös sie sich in ihrem Leben benommen haben mag. Bitte erschreck mich nicht noch einmal, sonst bringe ich dich statt auf den Turm in die tiefsten Gebeinsgrüfte.

Die Taube gurrte zufrieden und verhielt sich von jetzt an still.

Die Sonne turnte bereits im scharlachroten Tanzkleid über dem Mittelmeer herum, als sie auf dem Kirchturm ankamen. Gianluca setzte sich sofort auf eine Zinne und atmete tief ein. Einen Blick auf die Landschaft zu werfen traute er sich noch nicht. Die Taube dagegen genoss die Aussicht und dachte: Jetzt erst verstehe ich die weitgereisten Zugvögel und ihre scheelen, misstrauischen Blicke auf uns Tauben. Wir haben keine Weitsicht und kümmern uns nur um unseren eigenen Dreck. Wo aber keine Übersicht ist, kann sich ein Vogel keinen Überblick verschaffen.

Sollte dieses Tier laut denken oder hat mir der Aufstieg auf den Turm das Gehör vernebelt, dachte Gianluca. Die Taube drehte den Kopf zu ihm, und es sah so aus, als nickte sie.

Eine dunkle Ahnung wächst in mir, die nähert sich wie diese dunkle Wolke, die da hinten über Arabiens Himmel ihre Freiübungen macht. Ich ahne, da kommt etwas Ungeheures auf uns zu.

Wie bitte, dachte Gianluca, und zog sich vorsichtig an der Zinne hoch, um das Nahen der Wolke zu verfolgen. Er vermied es immer noch, auf den Platz zu sehen.

Die Wolke näherte sich, obwohl kein Wind wehte. Sie wuchs mit dem Näherkommen. Gianluca und die Taube verfolgten dieses Naturereignis mit aufgerissenem Mund beziehungsweise Schnabel. Beide versuchten sich an etwas zu erinnern, aber es gelang ihnen nicht, herauszubekommen, was es war. Die Möglichkeit reichte vom Tag der Geburt, an den sich niemand erinnern kann, bis zu einem Vatermord, den keiner je vergessen würde.

Als die Wolke über dem Kirchturm stehenblieb, staunten sie nicht. Sie erstarrten für den Bruchteil einer Sekunde. Ebenso erstarrte die Luft. Jedes Geräusch verstummte, und die Sonne war für einen Moment nicht zu sehen. Der gesamte Himmel war mit den graublauen Unmassen der Wolke bedeckt. Dann zuckte etwas Blitzartiges durch die Atmosphäre. Eine Mischung aus Orkan und Gewitter, Regen und Schneesturm.

Checosabello, was willst du denn, mein Schöner, brüllte eine Stimme aus der Wolke.

Alles, was wir nicht können, schrie Gianluca.

Und alles, was wir vermissen, kam es aus dem Bauch der Taube.

Die Wolke platzte über ihnen, die gesamte undefinierbare Weisheit, alle existierenden Weltsprachen ergossen sich über die Köpfe Gianlucas und der Taube und verschafften sich darin allen Platz, der zur Verfügung stand. Kurz roch es auch nach achtzigprozentigem gefuselten Schnaps.

Hiermit erhaltet ihr die unbegrenzbare Erkenntnis- und Sprechfähigkeit der Welt, und nützen sollt ihr sie so, dass ihr sterbend sagen könnt …

Die Stimme und die Wolke schrumpften plötzlich zu dünnem Echo und Nebel.

Was sollen wir sterbend sagen können? schrien beide in die wiedererstandene Azurbläue des Himmels. Aber Stimme wie Wolke verschwanden im Nirgendwo, als hätte es sie nie gegeben.

Gianluca konnte sich jetzt ohne Schwindel den Platz ansehen. Er spuckte hinunter, traf einen Hund und drehte sich zur Taube.

Aber da war keine Taube mehr. Auf der Zinne saß ein kleines Rotkehlchen, jung an Jahren und mit leicht benebeltem Blick, und lächelte ihn träumerisch an.

Lange nicht gesehen, sagte das Rotkehlchen. Und jetzt?

Eine kurze Starre zog sich durch Gianlucas Körper, dann riss ein Faden in seinem Kopf, und er sagte: Ich weiß, du bist Giorgina und es ist wirklich Zeit, hier abzuhauen.

Das Rotkehlchen flog auf seine Schulter, und langsam ging Gianluca die Stufen ins Kirchenschiff hinunter. Vor dem Kreuz machte er statt sich zu bekreuzigen einen Diener, vor dem großen Marienbild einen Knicks, beträufelte dann Giorgina mit geweihtem Wasser aus dem Weihwasserbecken und ging langsam über den Platz. Vorbei am schlafenden Hund, den neidisch glotzenden Tauben und der ignorant in den Himmel starrenden Transportarbeiterameise auf die Landstraße in Richtung Messina nach Norden.

2

Kehrmaschinen fuhren auf dem Alexanderplatz herum, um nach einer vereinzelten Schneeflocke zu fahnden. Es war der einunddreißigste Oktober, als Gianluca früh um vier auf einer Bank in der Nähe des Berliner Fernsehturms aufwachte. Das Funkeln des kreisenden Signallichts und eine feuchte Kälte weckten ihn aus einem schweren Schlaf. Er sah ungläubig an sich hinunter, denn statt seines alten, verschlissenen Leinenanzugs trug er jetzt einen silbergrauen Seidenanzug, eine mit Pailletten besetzte Fliege und handgefertigte Lederschuhe, alles Sachen, wie er sie nur bei höhergestellten Leuten gesehen hatte.

Er griff sich an den Kopf, als könne er daraus irgendeine Art von Erinnerung holen, fand aber statt der Erinnerung nur einen fremden Hut. Er nahm ihn ab, als könne er so Luft in seinen Kopf bekommen, aber es flog nur kalter Wind um ihn herum.

Hier bin ich, piepste eine Stimme von einem Baum neben der Bank.

Er entdeckte Giorgina, die auf einem Ast schaukelte und mit etwas glasigen Augen genauso irritiert aussah wie er.

Wie sind wir hierhergekommen, Giorgina? fragte Gianluca.

Mit dem Zug, mit dem Bus, mit dem Taxi. Geflogen bin ich, und gelaufen bist du, und wenn ich besoffen war, habe ich in deiner Tasche geschlafen, und wenn ich nicht besoffen war, habe ich dich in den Schlaf gesungen ... Was willst du noch wissen?

Wann du besoffen warst, will ich nicht wissen. Ich will wissen, wie es uns auf diesen kalten, zugigen Platz verschlagen hat.

Giorgina flog auf den Kopf eines steinernen Denkmals, das zwei starre Herren in altmodischen Anzügen darstellte. Sie sahen in Richtung Osten, als warteten sie ungeduldig auf den Sonnenaufgang. Dann fing sie an zu zwitschern: Wacht auf, Verdammte dieser Erde, die stets man noch zum Dursten zwingt.

Zum Hungern muss es heißen, Giorgina, zum Hungern.

Gianluca schloss die Augen und sah sich in Mailand im Giuseppe-Meazza-Stadion auf einer Bank sitzen und einer unbekannten Fußballmannschaft von Bauern aus dem Norden zujubeln, die mit Traktoren und Mähdreschern auf einem vom Regen durchweichten Fußballfeld herumfuhr, gegen die weltberühmte Mannschaft von Inter Mailand fünf Tore schoss und so den italienischen Vereinspokal gewann. Er sah sich im Wettbüro einen Gewinn von mehreren Millionen Lire einstreichen, denn niemand hatte auf diese Unbekannten gesetzt.

Er sah sich mit dem Gesicht des lange verstorbenen Regisseurs Vittorio de Sica im Vatikan bei einer Papstaudienz, aber auf dem Heiligen Stuhl saß nicht der berühmte zittrige Pole, sondern dort drängelten sich Marcello Mastroianni und Sophia Loren um ein Mikrofon und versuchten zweistimmig Verdi-Arien zu singen.

Durch San Marino wurde er von Soldaten eskortiert, die ihm zu Ehren Blumentöpfe auf den Köpfen trugen. Man hielt ihn dort für Giuseppe Garibaldi und bot ihm ewiges politisches Asyl an.

In Venedig sah Gianluca sich in einer Gondel Casanova gegenübersitzen, der versuchte, die Pornokönigin Ilona Staller alias Cicciolina davon zu überzeugen, nicht in die Politik einzusteigen, sondern armen Waisenkindern ihre Honorare zu spenden. Bei dem Versuch, sich in das Gespräch einzumischen, zerfielen die beiden zu Staub, die Gondel befand sich nicht mehr in Venedig, sondern auf dem Zürichsee. Für kurze Zeit trat Ruhe ein, dann verschoben sich in der Ferne die Alpenberge ineinander und er sah für einen kurzen Moment zum letzten Mal das Mittelmeer, in dem die Sonne versank.

Gianluca kniff sich in den Arm, um die Bilder zu verscheuchen. Außer einem kurzen Schmerz spürte er nichts. Er sah den roten Abdruck seines Fingernagels in der Haut, aber die Reise ging weiter.

Ein kurzes Alpenglühen. Danach hielten sie nur noch Zwiesprache mit Steinen und anderen scheinbar leblosen Figuren. Die kleine Heinebüste in Düsseldorf äußerte den Wunsch, nach Frankreich entführt zu werden, in Stuttgart räsonierte ein Gebilde aus Glas und Elektronik über die Zukunft des speiseölbetriebenen Kleinkraftwagens, der Loreleifelsen formte sich in eine weinende Frau und versuchte vergeblich, rheinische Ausflugsdampfer mit Blicken zum Kentern zu bringen. Auf dem Kyffhäuser trafen sie einen alten Mann mit einem langen roten Bart. Rumpelstilzchen, mutmaßte Giorgina, worauf der Mann sich beleidigt in seine Tropfsteinhöhle zurückzog. Gianluca versuchte, sich an den Weg zu erinnern, den sie gekommen waren, aber ihm fiel nichts ein als Worte und Bilder aus dicken Büchern, die sich mit Träumen vermischten, und diese Träume waren so, als hätte sie ihm eine andere Person erzählt.

Er erhob sich von seiner Bank und sah in den Himmel, als könnte von dort eine klärende blaue Wolke kommen, die ihm eine Erinnerung wiedergeben würde, die nicht aus

Büchern und Träumen kam. Aber es gab nichts als Dunkelheit, und auch diese Dunkelheit war vernebelt.

Einatmen, ausatmen. Der Ort ist relativ wie die Zeit, die dort vergeht, und die Zeit ist verhältnismäßig genauso kurz wie lang an dem Ort, an dem sie vergeht.

Ich habe Durst, Gianluca, schrie Giorgina.

Ich will wissen, wie, woher und warum ich hierher gekommen bin! Wirklich war jetzt nur dieser Platz mit seinen sinnlos fahrenden Kehrmaschinen ohne Fahrer. Ziellos fahndende Motoren, die ihre Zeit damit verbrachten, auf eine vereinzelte Schneeflocke zu warten, die in einem dreist lügenden Wetterbericht angekündigt worden war und den bevorstehenden Winter einläuten sollte.

Wir könnten friedlich in Checosabello dem Gottesdienst entgegenschlummern, sagte Giorgina, Padre Padrone mit einem freundlichen Milchkaffee wecken, dann den Sonntag einläuten, statt uns hier auf diesem zugigen Platz die Beine in den kalten Bauch zu stehen und auf Dinge zu warten, die sowieso nicht passieren. Gianluca, ich will wieder zurück in die sizilianische Sonne. Ich will wieder nach Hause!

Zuhause, wann war das? Gianluca drehte sich auf der Mitte des Platzes einmal im Kreis. Eine Schneeflocke flog, fast flüssig schon, auf seinen Hut und schmolz dort. Die Kehrmaschinen drehten unverrichteter Dinge wieder ab.

Hör auf zu heulen, mein Vögelchen. Mir schwant, wir erleben heute noch etwas Ungewöhnliches, auch wenn es bis jetzt nicht so aussieht.

Dann kauf mir wenigstens was zu trinken, Totengräber. Ich habe seit Nürnberg nicht einen Tropfen mehr gehabt.

Was ist Nürnberg? wollte Gianluca wissen.

Nürnberg ist die Stadt, wo die Lebkuchenautomaten standen, die auch chinesisch sprechen konnten, sagte Giorgina.

Das habe ich schon vergessen, und ich glaube auch nicht, solchen Automaten jemals begegnet zu sein.

Dann hast du wohl auch vergessen, dass wir heute Nacht in diesem großen Haus fast deine sämtlichen Ersparnisse beim Black Jack und beim Roulette verspielt haben.

Giorgina wies mit der Kralle auf das Hotelgebäude, auf dem mit leuchtenden Buchstaben *Casino* geschrieben stand.

Ich weiß nichts mehr, Giorgina, mir ist, als hätte ich seit unserem Aufstieg auf den Turm tief geschlafen, als könnte ich dort hinten um die Ecke gehen und wäre zu Hause. Unser Zuhause scheint jetzt hier zu sein.

Es ist November, es ist kalt und neblig, und ich habe einen mörderischen Schwelbrand auf meiner Kehle glühen. Der muss gelöscht werden, jammerte Giorgina.

Giorgina flog auf Gianlucas Schulter und schmiegte sich an sein Ohr.

Willst du, dass dein Vögelchen im tiefen Herbst fernab der mediterranen Sonne jämmerlich verdurstet?

Mir scheint, diese merkwürdige Wolke aus dem Süden hat mir nicht ein niedliches Rotkehlchen an die Seite gestellt, sondern eine Saufdrossel. Aber ich werde heute mal Gnade vor Recht ergehen lassen und dir den Kampf gegen das Zittern ersparen. Dort hinten sehe ich einen Imbissstand seine Planen zurückschlagen. Gehen wir frühstücken.

Die Uhr vom Roten Rathaus schlug sechs Mal.

3

Ausnahmsweise mal kein Penner, sagte die Verkäuferin hinter dem Tresen, als sie Gianlucas Seidenanzug sah. Wohl übrig geblieben vom letzten Spieleinsatz im neununddreißigsten Stock, was?

So ungefähr, sagte Gianluca. Zwei Grog, bitte, und zwei heiße Hunde.

Was ist das denn? fragte die Frau.

Hot Dogs. Steht doch an Ihrer Tafel. Hot Dogs. Heiße Hunde heißt das doch auf Deutsch.

Kann sein, antwortete die Frau, schmecken tun sie eher wie tote Hunde. Aber nichts für ungut. Man gönnt sich ja sonst nichts.

Man gönnt sich ja sonst nichts, seufzte auch Giorgina und nippte an ihrem Heißgetränk.

Mit großen Augen verfolgte die Verkäuferin diesen Vorgang.

Ich kenne biertrinkende Hunde und weintrinkende Katzen, aber schnapstrinkende Vögel habe ich noch nie gesehen, sagte die Verkäuferin. Exotisch eben. Wohl aus dem Zoo ausgebrochen, was?

So ähnlich, sagte Gianluca.

Aber von hier sind Sie nicht. Mehr von woanders? fragte die Verkäuferin.

Mehr von woanders. Aus Italien. Aus Sizilien.

Iss das nich da, wo die Mafia ...?

Genau da. Ihre toten Hunde schmecken aber gar nicht so schlecht, junge Frau.

Danke für das Kompliment, junger Mann, sagte die Verkäuferin, die mit immer größer werdenden Augen zusah, wie Gianluca bereits den siebenten heißen Hund aß. Giorgina schlief auf seiner Schulter den verdienten Schlaf des ruhiggestellten Grogvogels.

Sehr gesprächig sind Sie aber nicht, junger Mann. Wenn Sie von so weit her kommen, müssen Sie doch was zu erzählen haben.

Vielleicht bin ich grade von weit her gekommen, sagte Gianluca, um nichts mehr zu erzählen zu haben.

Er zeigte auf den nächsten Hot Dog.

Wenn Sie so weitermachen, habe ich bald mein Tagessoll erfüllt, sagte die Verkäuferin. Und kann mir einen netten Sonntag machen.

Gianluca nickte.

Und mir geben Sie noch einen Grog, sagte Giorgina, auf diesem zugigen Platz friert man sich glatt die schönen Federn ab.

Ich will Ihnen ja nicht zu nahe treten, junger Mann, sagte die Verkäuferin, aber der Vogel auf Ihrer Schulter ist weder ein Papagei noch ein Wellensittich, noch ein Kanarienvogel, kann aber trotzdem sprechen.

So ist es, sagte Gianluca.

Was isser denn dann?

Das ist kompliziert, liebe Frau. Früher war sie mal eine Taube, sehr krank und mit einem gefühlten Alter von einhundertsiebzig Jahren, und plötzlich gab es da innerhalb von Sekunden eine Verwandlung infolge eines sehr rätselhaften Wetterumschwungs, den ich mir bis heute nicht erklären kann. Und so ist sie das geworden, was sie heute ist, ein junges Rotkehlchen, das gerne Grog trinkt und sehr schnell vorlaut wird.

Wunder gibt es eben immer wieder. Man muss nur dran glauben, Geduld haben und drauf warten können, sagte die Verkäuferin. Sie lächelte geheimnisvoll in sich hinein und legte ein weiteres Würstchen in ein Brötchen. Nummer zwölf.

Haben Sie heute noch was vor, junger Mann? fragte die Verkäuferin.

Eigentlich nicht.

Na gut, dann schließe ich den Laden für heute wirklich und lade Sie und ihr merkwürdiges Wundervögelchen zu mir nach Hause ein.

Etwas in den blauen Augen der alten Frau zog Gianluca magisch an, etwas, das nicht auf diesen tristen, grauen Platz passte.

Schickedanz, las Gianluca an der Eingangstür der Wohnung, die sie betraten. Das Balkonzimmer, in das Frau Schickedanz sie führte, glich einem kleinen Museum. Die Wände waren mit Regalen und Glasvitrinen vollgestellt. Überall standen und hingen Souvenirs aus aller Welt: Elfenbeinkamele aus Afrika, bunt angemalte Holzvögel aus Südamerika, asiatische Glücksgötter, Hirtenkäppis aus der Mongolei und Miniaturen von Musikinstrumenten, die Gianluca völlig unbekannt waren. Und über der Tür hing ein sehr alter tatarischer Krummsäbel.

Sie sind in Ihrem Leben schon weit herumgekommen, sagte er.

Margarete Schickedanz war in einem großen Ohrensessel versunken und wirkte jetzt sehr klein und bedrückt.

Nein. Das bin ich nicht. Das war mein verstorbener Mann. Der war Vorsitzender des Afro-Asiatischen Solidaritätskomitees und ist so durch die halbe Welt gekommen.

Giorgina flog neben die Nachbildung eines Kondors und knabberte an seinem Schnabel.

Und was hatte es mit diesem Komitee auf sich, hat es den durstenden Vögeln in der Wüste geholfen? fragte sie.

So ungefähr, sagte Frau Schickedanz. Dieses Komitee war für die Länder gedacht, die ihre Unabhängigkeit von den Kolonialstaaten erkämpft hatten und Hilfe brauchten … Ach, mir kommt's vor, als sei das schon hundert Jahre her. Da ist mein verstorbener Mann zu den Freiheitsfeiern in die ganze Welt geflogen und kam glücklich mit all diesen Andenken wieder, als hätte er Geburtstag. Und dann sagte er: Das muss sein. Wir müssen überall in der Welt präsent sein, damit die Welt anerkennt, dass wir ein eigenes Land sind, dass wir uns unterscheiden von dem anderen Land und dass wir ganz anders sind als die anderen …

Dass es zwei Deutschland gab, hat sich auch bis in unser Dorf herumgesprochen, warf Gianluca ein. Die einen haben bei uns Urlaub gemacht und uns rumkommandiert, die anderen haben wir nur im Fernsehen gesehen, wenn sie die vielen Medaillen bei der Olympiade gewonnen haben.

Und einmal haben wir sogar ein Unentschieden gegen euch im Fußball erreicht. Gegen Italien ist das wie ein Sieg, hat mein Mann gesagt, sagte Margarete Schickedanz.

Und Ihr Torschütze hieß Jürgen Nöldner, sagte Gianluca.

Margarete Schickedanz sah Gianluca an, als käme er von einem anderen Stern.

Wie können Sie das noch wissen, Herr Gianluca?

Dieselbe Frage stellte Gianluca sich jetzt auch. Und außerdem: Woher kannte die Verkäuferin Margarete Schickedanz plötzlich seinen Vornamen? Und woher wusste er, dass sie Margarete hieß?

Sie sahen sich schweigend in die Augen und beschlossen, nicht weiterzufragen.

Für eine Weile zog Schweigen in das Balkonzimmer ein. Gedankenverloren betrachteten beide, wie Giorgina zwischen den Souvenirs hin und her flog, neugierig jedes Stück begutachtete und mit den Schwanzfedern von einzelnen Staubpartikeln befreite.

Das Blinken des Fernsehturms mischte sich mit dem Licht des heller werdenden Himmels, und Frau Schickedanz begann, leise vor sich hin zu weinen.

Es ist gut, dass mein Mann das alles nicht mehr erlebt hat. Er hätte all seine Reisen als vergeblich empfunden. Und diese Revolutionswende, diese Wenderevolution oder was immer das auch war, hätte er nie verstanden. Ach, machen wir uns den Kopf nicht schwer, sagte Margarete. Essen wir lieber noch die Würstchen, bevor sie Runzeln kriegen. Und dann entferne ich Ihnen die vielen Fettflecke, die sie auf ihr schönes Jackett gemacht haben.

Während Frau Schickedanz langsam im Flur verschwand, sah Gianluca an sich herunter und versuchte immer noch herauszufinden, wie er hierher gekommen war und woher die Sachen stammten, die er trug. In seinen Taschen fand er die Überreste von Fahrkarten, aber Abfahrts- und Zielorte waren nicht mehr zu erkennen. Außerdem stieß er auf die hohe Rechnung eines Wiener Konfektionsladens, die ihm genauso fremd war wie das unbekannte Wissen, das sich in seinem Hirn breitgemacht hatte.

Erinnerung ist etwas, das man hat, sagte er sich, und nicht unbedingt etwas, dem man nachspüren sollte.

Giorgina schien sich um all das keine großen Gedanken zu machen. Sie spielte weiter mit den unbekannten Gegenständen auf den Regalen und hatte es bereits geschafft, mit dem Schnabel die Glastüren der Vitrinen zu öffnen und dahinter alles neugierig zu untersuchen.

Frau Schickedanz kam mit den aufgewärmten Würstchen zurück und hatte ihr Lächeln zurückgewonnen. Sie sah, dass Gianluca noch immer irritiert war.

Kommen Sie mal richtig zu sich, junger Mann. Sie können mit Ihrem lustigen Vogel erst einmal hier bleiben, wenn Sie wollen.

Gianluca sah tief in Margaretes Augen, als könne er darin eine Antwort auf seine Fragen finden. Manchmal schien es ihm, als kenne er diese Frau schon sehr lange, aber einen Moment später war sie ihm wieder so fremd wie alles andere um ihn herum.

Er sackte in seinen Sessel und schloss die Augen.

Haben Sie schon immer hier gewohnt, Frau Schickedanz?

Ja. Aber als ich geboren wurde, war der Platz noch nicht so groß wie heute. Es fuhr eine Straßenbahn drüber, und dieses Haus gab es noch nicht. Es gab keinen Fernsehturm, und auch das große Hotel, in dem Sie heute Nacht wahrscheinlich Ihr ganzes Geld verspielt haben, stand noch nicht auf diesem Platz. Es gab auch noch keine Uhr, auf der man erkennen konnte, wie spät es zum Beispiel in Sizilien oder Amerika oder Afrika ist.

Ich will überhaupt nicht mehr wissen, wie spät es ist, sagte Gianluca.

Manchmal geht's mir genauso, aber die Stunden schlagen nun mal, und ich kann nicht so tun, als würde ich es nicht hören.

Wem sagt sie das, fragte sich Gianluca und erinnerte sich zum ersten Mal auf dieser Reise daran, dass das Glockenschlagen und Stundenläuten einmal sein Beruf war.

Auf diesem Platz haben schon viele Stunden geschlagen. Die Stunde der Säufer, die Stunde der Gammler, die Stunde der Nutten, die Stunde der Polizisten, die Stunde der Blauhemden und der fröhlichen Jugend, die Stunde der Komödianten und heute die Stunde der Würstchenverkäufer und Hütchenspieler.

Ich verstehe kein Wort. Was war die Stunde der Gammler?

Gammler hießen die Jungs mit den langen Haaren, die trafen sich hier im Oktober neunzehnhundertneunundsechzig, als das Land seinen zwanzigsten Geburtstag feierte. Die berühmte Gruppe Rolling Stones sollte auf dem Springer-Hochhaus spielen, verkündete der feindliche Radiosender im Amerikanischen Sektor. Natürlich kamen viele junge Leute aus dem ganzen Land, um dieses Konzert zu sehen, aber wer nicht kam, waren die Rolling Stones, denn das Ganze war eine riesige Ente des Klassenfeinds aus dem Westen. Statt dessen flogen andere Steine durch die Luft, und es kam zu einer Schlägerei zwischen den Langhaaren und der Polizei. Zu allem Unglück waren damals gerade die Autotunnel unter dem Platz fertiggebaut worden, und einige der Jungs fielen über das Geländer.

Eine riesige Ente, die mit Steinen auf langhaarige Polizisten schmeißt und dabei im Amerikanischen Sektor ein Konzert geben kann, die möchte ich mal kennenlernen, piepste Giorgina.

Entweder du hörst richtig zu, Giorgina, oder du hältst den Schnabel.

Giorgina zog beleidigt die Vitrinenscheibe zwischen sich und das Zimmer.

Zwei Jahre später gab es ein Abkommen. Alle Regierlichen Europas hatten sich geeinigt, dass Ruhe und Frieden und Entspannung besser für alle wären, und überall entspannen sich neue Kontakte zwischen den Leuten, vor allem an diesem hässlichen Brunnen da drüben. Auch Nuttenbrosche genannt. Ja, und danach wurde es richtig lebhaft auf dem Platz. Vor dem Fernsehturm drängelten sich die Touristen, denn damals war er der zweithöchste in der Welt. Im Hotel wohnten Handelsreisende. Drinnen gab es einen großen Laden, da konnte man für anderes Geld Zigaretten, Schokolade, Strumpfhosen und auch Rolling-Stones-Platten kaufen. Und so kam es, dass ein Haufen junger Damen draußen vor dem Brunnen auf die Herren wartete und für dieses Zeug käuflich war, um es mal vorsichtig auszudrücken.

Auch für italienische Lire? fragte Gianluca.

Ich konnte mir denken, dass Sie das fragen, sagte Frau Schickedanz. Ja, für alles Geld der Welt, wenn es nur komfortabel war. Selbst für indische Rupien, aber es kam selten mal ein Inder vorbei. Nur für Rubel wurde nicht gejubelt. Und ab und zu kam mal die Polizei und ließ sich die Ausweise zeigen, damit alles unter Kontrolle blieb. Zwei Jahre später fand hier ein großes Festival für die Jugend der ganzen Welt statt. Ein lauter, fröhlicher Frieden, unsere Kinder in den blauen Hemden feierten mit ihren Gästen Frieden, Freundschaft, Solidarität, wenn das Leben nur so weitergeht, und überall wurde getanzt, gesungen, geknutscht und gesoffen, und für vierzehn Tage war dieser Platz der Mittelpunkt der Welt, wie alle meinten. Nur an einem Tag regnete es, da starb der Vorsitzende des Staatsrates, Walter

Ulbricht. Wie zum Hohn starb er mitten in diesem fröhlichen Trubel von hellem Sonnenschein, lautem Gesang und wilden Tänzen, und für einen Tag war Staatstrauer angeordnet. Nur einen Tag Regen, so als würde der liebe Gott, wenn es ihn geben sollte, sagen: Ihr sollt euch immer an diesen Tag erinnern. Und wenn die Sonne auf die Kuppel des Fernsehturms scheint, spiegelt sich ein Kreuz darin. Dann sagten die Leute früher: Er hat sich mit diesem Turm selbst ein Denkmal gesetzt, das ist das Kreuz des Heiligen Walter.

Frau Schickedanz holte Luft und sah Gianluca an, als käme sie aus einem Traum.

Entschuldigen Sie, ich rede hier, und Sie wollen das vielleicht überhaupt nicht wissen?

Es klingt wie ein Märchen, sagte Gianluca. Der Platz vor der Kirche in unserem Dorf sieht seit Jahrhunderten gleich aus. Und das Kreuz auf dem Dach muss ich mir nicht einbilden, es ist keine optische Täuschung, sondern wurde von einem Padre in Auftrag gegeben, an dessen Namen sich niemand mehr erinnern kann. Wenn ich auf diesen Platz sehe, kann ich mir nicht vorstellen, dass darauf jemals ein großes Fest stattgefunden hat.

Über zwanzig Jahre ist das her, sagte Frau Schickedanz. Ich stand mit meinem Mann auf dem Balkon. Wir sahen uns das große Abschlussfeuerwerk an, und er fing vor Freude an zu weinen und sagte: Wenn ich nicht wüsste, dass morgen wieder alles anders ist, könnte ich jetzt in Ruhe sterben.

Margarete Schickedanz starrte auf die Kuppel des Fernsehturms.

Und vor sieben Jahren war es dann so weit. Es waren so viele Leute abgehauen, dass nichts mehr ging. Da kam es erst zu Schlägereien, und dann fand hier eine große Kundgebung statt. Die da redeten, wollten das Land retten. Alles Leute, die ich bis zu diesem Tag nur im Fernsehen gesehen hatte. Eine Schauspielerin wollte sogar aus ihrer Rolle austreten, und eine Schriftstellerin sagte: Der Satz, der ihr am besten gefällt, ist: Wir sind das Volk! Ich hatte keine Rolle, aus der ich austreten konnte, und keine fixe Idee, die ich einfach vergessen konnte, weil ich nichts vergessen musste. Mein Mann ist sieben Jahre tot. Von dem Land, in dem all das stattfand, gibt es noch den Namen, und in einer Kassette habe ich noch ein paar Orden, Münzen und Urkunden. Ob ich das alles nun schlecht oder gut finde, spielt keine Rolle. Ich sehe auf diesen Platz und frage mich: Was ist mit mir und dem Platz passiert? Das Hotel, das Warenhaus und den Fernsehturm hat es vor fünfzig Jahren noch nicht gegeben, aber mich. Und irgendwann wird es mich nicht mehr geben, aber das Hotel, der Turm und das Warenhaus werden noch eine Weile stehenbleiben. Egal, was drüber steht: Interconti, Intersponti, Kauf aufm Hof oder Kauf dich doof, Interhotel Stadt Berlin, oder vielleicht Innere Stadtmission für Obdachlose. Ich muss mich nicht umbenennen. Auf meinem Grab steht nur Margarete Schickedanz. Geboren am 10. April 1932 ...

Gestorben irgendwann im dritten Jahrtausend, wenn der Baptist Giovanni seine Offenbarungen erfüllt sieht, die Lämmer über den Platz laufen und das Himmelreich auf Erden mit kostenlosen heißen toten Hunden eröffnet wird, sagte Gianluca.

Aus der Vitrine war ein verzagtes Rülpsen zu hören.

Amen, sagte Giorgina.

Haben Sie etwas zu trinken in Ihrem Schrank, Frau Margarete? fragte Gianluca.

Nicht dass ich wüsste.

Frau Schickedanz schob die Glasscheibe der Vitrine zur Seite. Hinter einem gläsernen Affen entdeckte sie Giorgina. Sie hielt eine kleine weißliche Flasche in den Krallen und lallte: Reiswein gleich Weisheit, ich benenne mich in Pastapiccolina um und basta, denn in diesem Rein liegt Weisheit, in diesem Reis liegt Weinheit, deshalb rein mit der Weisheit, denn es ist Reiswein aus Weinheit, direkt aus Japan.

Diese Sake-Flasche sehe ich heute zum ersten Mal, sagte Frau Schickedanz.

Ihr Mann hatte eben auch seine kleinen Geheimnisse, sagte Giorgina, flog auf Frau Schickedanz' Schulter und nagte an ihrem Ohrläppchen.

Es ist vielleicht besser, wenn Sie jetzt gehen, Herr Gianluca. Ich will Ihnen nicht mit meiner Heulerei Ihre Reise verderben. Sie sind bestimmt nicht hierher gekommen, um sich die Geschichten einer alten Frau anzuhören.

Ich weiß bis jetzt überhaupt noch nicht, warum ich hierher gekommen bin, sagte Gianluca.

Gehen Sie nach Nordosten, da ist mehr los als auf diesem toten Platz. Heute Nacht ist Halloween. Und wenn Sie ein Gespenst treffen, sagen Sie, ich lass es grüßen. Sollte Ihr Weg Sie noch einmal hierher führen, kommen Sie vorbei. Aber jetzt bin ich traurig und müde.

Gianluca setzte sich Giorgina auf die Schulter, strich Margarete über den Kopf und verließ das Haus.

4

Vielleicht erleben wir wirklich, dass Gras über den Platz wächst und werden Frau Schickedanz nicht als Wurstverkäuferin, sondern mit der Sense treffen, sagte Gianluca, als sie den Alexanderplatz hinter sich gelassen hatten.

Inzwischen war die Sonne hinter dem Bahnhof untergegangen. In der anderen Richtung sahen sie ein großes Gebäude, auf das mit leuchtenden Buchstaben das Wort *Ost* geschrieben war. Giorgina holte unter ihren Federn einen kleinen Handkompass hervor.

Wo hast du denn dieses Ding auf einmal her? wollte Gianluca wissen.

Ich habe ihn bei Margarete aus dem Souvenirschrank mitgehen lassen. Und ich stelle fest, der Kompass geht nach, dieses Gebäude liegt schon im Nordosten.

Ich finde das nicht besonders fair, der lieben alten Frau ein Andenken an ihren Mann zu klauen. Und außerdem: Wozu brauchen wir in der Fremde einen Kompass, wenn wir sowieso nicht wissen, wohin wir wollen?

Giorgina pickte Gianluca schmerzhaft ins Ohr.

Was soll sie mit diesem Erinnerungsplunder. Es sind nicht ihre Erinnerungen, und sie kann in ihrem Alter auch ohne Kompass leben. Wir nicht.

Sie gingen langsam auf das Gebäude zu. Vor dem großen Eingang saß ein Mann auf der Treppe und weinte. Hinter ihm war Lärm, Gebrüll und laute Musik zu hören. Der Mann hob den Kopf von den Armen und sah Gianluca erstaunt an. Dann weinte er sofort wieder.

Warum weinen Sie denn? fragte Gianluca.

Es macht keinen Spaß mehr, sagte der Mann. Es macht einfach keinen Spaß mehr. Ich möchte so viele Tränen weinen, dass ich mein ganzes Theater damit füllen kann.

Warum wollen Sie denn Ihr Theater mit Tränen füllen? fragte Gianluca.

Wogegen man auch protestiert, was ich auch alles verarsche, durch den Dreck ziehe, es interessiert keine Sau mehr. Alle lachen bloß dreckig und denken, sie sind nicht gemeint.

Der Mann heulte weiter, aber seine Tränen bildeten nicht mal eine Pfütze von der Größe eines Handtellers.

Das soll ein Theater sein? fragte Giorgina. Es sieht aus wie eine Fabrik oder wie eine große Schwimmhalle.

Der Mann hörte auf zu weinen. Hat hier jemand Schwimmhalle gesagt?

Ja, ich, sagte Giorgina, es sieht nicht aus wie ein Theater. Mit Wasser gefüllt, könnte es eine Schwimmhalle abgeben, und es ist so hoch, dass man Sprungtürme hineinstellen könnte, Bassins auf mehreren Etagen einrichten und sogar Tauchkurse in den unteren Gestaden verkaufen könnte.

Bravo, sagte der Mann. Sie sind meine Leute. Wenn Sie mir sofort den Umbau organisieren helfen und so viele Tränen beschaffen, dass ich das Theater damit füllen kann, dann schmeiße ich diese ganze Bagage raus, und wir eröffnen gemeinsam das erste Schwimm- und Springtheater in Europa.

Ich meinte Schwimmhalle und nicht Theater, sagte Giorgina.

Ohne Theater macht aber alles keinen Spaß, sagte der Mann und begann wieder zu weinen: Ich sehe schon, Sie können mir auch nicht helfen. Dabei stelle ich mir das aufregend vor: Hamlet als Unterwasserdrama. Faust als Bademeister ...

... die sieben Zwerge als Synchronschwimmballett und Ophelia als Selbstmörderin vom Zwanzig-Meter-Turm, fügte Gianluca hinzu.

Einen Moment trat Stille ein.

In diesem Land stößt man an Grenzen, bevor man überhaupt Gelegenheit hatte, seinen Pass zu zeigen, sagte der Theaterleiter, und sein Gesicht nahm unbewegliche Züge an.

Ich muss jetzt wieder böse Miene zum guten Spiel machen gehen. Auf Wiedersehen.

Er stand auf, strich seinen Anzug glatt und verschwand im Lärm hinter dem Haupteingang.

Bei wem sollen wir uns dann melden? rief Gianluca dem Mann hinterher.

Eine sehr schwarzhaarige Frau mit großen blauen Augen kam aus dem U-Bahntunnel und sagte freundlich: Das war Franz Kassendörfer, der Intendant des Populären Protesttheaters. Aber nehmen Sie ihn nicht so ernst, er hat öfter solche Anwandlungen und sitzt auf der Theatertreppe. Das ist eine Art Werbung und deshalb gut für die Besucherstatistik.

Und wer sind Sie? fragte Giorgina.

Ich spiele die Schwarze Witwe, und ich arbeite hier nur als Gast. Mein Name geht niemanden was an.

Für einen kurzen Moment schien es Gianluca, als sei auch diese Person irgendwann in seinem Leben schon einmal aufgetaucht, aber er konnte sich nicht erinnern, wann und wo das gewesen sein konnte.

Und zum zweiten Mal stellte er die Frage: Zu Hause, wann war das?

Du wirst irgendwann wieder zu Hause ankommen, sagte die Frau und verschwand mit trippelnden Schritten hinter dem Theater. Sie sah jetzt fast so aus, als würde sie in Kürze alle Schleusen des Theaterinnenlebens öffnen können.

5

Die Schönhauser Allee, so hieß die Straße, die weiterführte, war fast leer. Gianluca begann zu frieren. Der angekündigte Winter blieb zwar noch aus, aber die nieslige Kälte war unangenehm. Gianluca beneidete Giorgina um ihr Gefieder und fragte sich, warum die Menschen am Anfang ihrer Werdung ihre Felle von sich geworfen und begonnen hatten, sich Behausungen zu bauen. Sie erreichten ein weitläufiges Friedhofsgelände, das sich neben einer Polizeiwache befand. Der Friedhof war von einer hohen Mauer umgeben, aber durch die Löcher darin konnte Gianluca die Gräber erkennen. Es waren Gräber, wie er sie noch nie gesehen hatte.

Keine Kreuze, nur Steine mit verwitterter Schrift. Es war ein sehr alter Friedhof, der offensichtlich nicht mehr in Betrieb war.

Was ist ein Friedhof, der nicht mehr betrieben wird? fragte sich Gianluca. Ein noch stillerer Ort, als es Friedhöfe ohnehin schon sind.

Zum ersten Mal stellte sich Gianluca die Frage, warum Menschen nach ihrem Ableben eine Behausung brauchen.

Warum bist du so still geworden, Giorgina? fragte Gianluca.

Ich habe das seltsame Gefühl, dass uns diese Straße, die zu einem Ort Schönhausen führen soll, eine Weile in Bann halten wird, sagte Giorgina.

Und woher nimmst du dieses Gefühl, Giorgina?

Weil du dich plötzlich so warm auf der Schulter anfühlst, mein Freund, obwohl es kalt ist und du in deinem dünnen Seidenjäckchen normalerweise frieren müsstest.

Ich friere trotzdem, sagte Gianluca.

Das ist eine Frage der gefühlten Temperatur des Leibes. In Wirklichkeit bist du ein ganz heißer Typ.

Gianluca war etwas irritiert über die geistigen Fähigkeiten, die er an seiner Partnerin entdeckte.

Irgendetwas ist mit uns geschehen, Giorgina.

»Dass sich der Mensch mit einem Stück Welt immer und unaufhebbar verbunden erfährt – mit einem Körper, der als lebendiger auch ›Leib‹ heißt –, ist dem Nachdenken seit jeher rätselhaft«, zitierte Gianluca. Das ist der Grund, und wir haben den Platz, an dem wir der Welt zeitweise unaufhebbar verbunden sind, gewechselt, mit einem Körper, der uns als lebendiger Leib wahrscheinlich immer ein Rätsel bleiben wird.

Und was soll das bedeuten, Herr Kardinal?

Das werden wir schon noch sehen, sagte Gianluca.

Schweigend gingen sie weiter durch die inzwischen völlig ausgestorbene Schönhauser Allee.

6

»Dass sich der Mensch mit einem Stück Welt immer und unaufhebbar verbunden erfährt – mit einem Körper, der als lebendiger auch ›Leib‹ heißt –, ist dem Nachdenken seit jeher rätselhaft«, las ich im Wörterbuch des Christentums, und schlagartig wurde mir klar, warum ich die Wohnung seit langer Zeit kaum noch verlassen hatte. Das Stück Welt, mit dem ich unaufhebbar verbunden war, hieß Wohnung, und ich und mein Leib fühlten sich darin besonders lebendig.

Wahrscheinlich, weil der Leib eins mit seiner Seele war, interpretierte ich zusätzlich in diesen Lexikonsatz hinein, als es gegen zwei Uhr Sturm an der Haustür klingelte.

Ich dachte nach, wer mich um diese Zeit noch sehen wollte. Zu nächtlichen Ausflügen war ich in den letzten Jahren von keinem meiner Bekannten mehr eingeladen worden. Ich war seit Monaten nur noch nachts auf die Straße gegangen, um meinem Leib an der Tankstelle die nötigen Lebensmittel zu kaufen, damit er nicht vom Fleisch fiel. Für Werbungsausträger war es zu spät oder zu früh, und es gab niemanden in meiner näheren Umgebung, der mich vielleicht an seinem Sterbebett sehen wollte.

Wer ist da? fragte ich durch die Wechselsprechanlage.

Ich, sagte Gianluca.

Und ich, piepste Giorgina.

Wer so bestimmt von sich *ich* sagen kann, ohne seinen Namen zu nennen, muss mich kennen. Was noch lange nicht bedeutet, dass ich ihn kennen muss.

Die Stimmen klangen nicht gefährlich. Ich drückte den Türöffner.

Ich hörte schnelle Schritte im Treppenhaus. Das Licht blieb aus. Offenbar konnten meine Besucher im Dunkeln gut sehen. Bis zu diesem Tag gab es niemanden, der so schnell die sechs Treppenabsätze bis zu meiner Wohnung geschafft hatte.

Da sind wir, sagte Gianluca, als er vor mir stand.

Da sind wir, sagte Giorgina.

Ja, und? fragte ich.

Sie sind doch Herr Brasch, oder gehört das Schild an der Tür jemand anderem?

Ja, und?

Wir sind Giorgina und Gianluca Cardinale. Wir haben den Auftrag, uns hier bei Ihnen zu melden, um weitere Anweisungen entgegenzunehmen.

Von wem haben Sie diesen Auftrag?

Unsere inneren Stimmen gaben uns diesen Auftrag.

Gegen innere Stimmen kann man nichts machen.

Ich roch einen leichten Weindunst im Flur.

Zu trinken habe ich aber nichts, außer Kaffee und Leitungswasser.

Gianluca sah mich mit großen Augen an, aber mehr durch mich hindurch, als gäbe es hinter meinem Kopf etwas Interessanteres zu sehen als die dreckige Tapete.

Können wir nun reinkommen, oder sollen wir Wohnungstürgespräche führen?

Entschuldigen Sie bitte, mein Herr, aber ich bin es nicht gewohnt, um diese Zeit aus dem Bett geholt zu werden, sagte ich.

Das ist mir egal, sagte Gianluca, schob mich beiseite und ging so, als kenne er den Weg, an mir vorbei, setzte sich in den Sessel, legte die Beine auf den Tisch und schaltete den Fernseher ein.

Giorgina flog auf ebenso selbstverständliche Weise in die Küche und setzte sich vor den Kühlschrank. Sie versuchte, mit dem Schnabel die Tür zu öffnen. Dann warf sie mir ein paar bedeutende Blicke zu, die so viel sagen wollten wie: Wenn du mir nicht den Kühlschrank aufmachst, vernichte ich deinen wilden Thymian. Ich hatte keinen wilden Thymian in der Küche und wunderte mich nur über die plötzliche Fähigkeit, Gedanken lesen zu können. Ich öffnete ihr die Kühlschranktür, damit sie sich überzeugen konnte, dass nichts Geheimnisvolles darin verborgen war. Sie starrte hinein, als würde wie durch ein Wunder etwas darin passieren. Ich ließ sie sitzen und wandte mich ihrem Freund im Wohnzimmer zu.

Der betrachtete gerade gelangweilt eine Videowerbung für einen Telefonsexanschluss mit der vielversprechenden Aussage: Ich komme, bis du stöhnst, oder ich stöhne, bis du kommst.

Die beiden taten so, als wohnten sie schon immer in meiner Wohnung. Normalerweise hätte ich jedem Fremden sofort die Tür gewiesen oder ihn die Treppe hinunterbefördert, aber irgendetwas hielt mich davon ab. Beide starrten in das jeweils vor ihnen platzierte Gerät, ohne irgendeine Form von Interesse zu zeigen. Ich hätte mir einen Rasierapparat oder Toaster vor die Augen halten können, um wenigstens Anteilnahme zu zeigen, aber ich pendelte nur zwischen Küche und Zimmer hin und her, immer in der Erwartung einer menschlichen oder tierischen Äußerung der beiden.

Aber bis zum ersten Morgengrauen blieben sie sitzen, Gianluca mal die Stellung der Beine wechselnd und Giorgina sich alle zehn Minuten mit dem Schnabel am Hals kratzend. Als im Fernsehen eine Nachrichtensendung die neuesten Arbeitslosenzahlen verkündete und mein Kühlschrank vor Schwäche des sinnlos vergeudeten Kühlaggregats den Geist aufgab, verlor ich die Geduld.

Wer glaubt ihr, wer ihr seid, ihr Vollidioten? Was habt ihr hier zu suchen? Könnt ihr nicht wenigstens sagen, was ihr von mir wollt? Ich habe euch nicht gerufen. Wenn ihr nicht bald das Maul aufmacht, schmeiße ich euch raus.

Giorgina flog auf Gianlucas Schulter, und beide sahen mich mit großen Augen an. Erstaunt hob Gianluca eine Augenbraue, stellte beide Beine fein säuberlich nebeneinander und sagte sehr langsam: Wer sagt dir, dass du uns nicht gerufen hast?

So kann man es auch drehen, schrie ich durch die Wohnung. Ich habe euch hier reingelassen, und ihr dankt mir meine Gastfreundschaft mit Schweigen.

Wir wollen wissen, was du von uns willst, sagte Gianluca sehr leise.

Ich will gar nichts von euch, ihr Nachtgespenster, geht mir von der Wäsche.

Wir befinden uns schon auf dem richtigen Weg der Erkenntnis, sagte Gianluca und zündete sich eine von meinen Zigaretten an. Und außerdem brüll nicht so, du weckst sonst deine Gefährtin auf, und die pflegt bis um acht Uhr zu schlafen.

Meine Gefährtin, wie er sie nannte, hatte ich völlig vergessen. Sie schien von dem Geschehen keinerlei Notiz zu nehmen. Selbst meine Brüllerei hatte sie nicht geweckt. Ich ging ins andere Zimmer. Sie lag da wie ein Kind, auf dem Rücken, die Arme rechts und links vom Kopf, und schlief überraschend friedlich. Sonst reagierte sie auf das kleinste Geräusch, das die Elstern auf der Hofkastanie von sich gaben.

Die beiden Figuren sahen sich inzwischen unbeteiligt die Börsenmeldungen aus Frankfurt und den Wetterbericht aus Hamburg an.

Hierbleiben könnt ihr nicht, sagte ich. Die Wohnung ist bereits übervoll.

Gianluca drehte leicht den Kopf, ohne die Augen vom Bildschirm zu wenden.

Wir hatten auch nicht vor, uns bei dir einzumieten. Wir wollen deinen städtischen Einsiedlerfrieden nicht stören und gehen gleich wieder. Wir wollen nur erfahren, was wir jetzt tun sollen.

Wenn ihr schon mal da seid, könnt ihr vielleicht alle paar Wochen vorbeikommen und mir erzählen, was draußen so geschieht. Ihr könntet Termine für mich wahrnehmen, zu denen ich keine Lust habe. Denn wie ihr ja wisst, woher eigentlich?, fühle ich mich am wohlsten, wenn ich überhaupt nicht auf die Straße gehe.

Ich gab Gianluca einen Stapel von ungefähr fünfzig verschiedenen Briefen, Einladungen und Erscheinensaufforderungen, die ich nicht geöffnet hatte. Er steckte sie in die Tasche seines Seidenanzugs.

Und wenn ihr überhaupt in diesem Land bleiben wollt, müsst ihr euch anmelden.

Wir werden das alles tun, sagte Giorgina und warf einen kurzen Blick auf meine Gefährtin, die im Schlaf mit den Armen gestikulierte, als würde sie einen Elfenreigen dirigieren.

Der Wetterbericht kündigte drei Grad plus und eine partielle Mondfinsternis an. Ich gab Gianluca noch eine Decke und eine Schachtel Zigaretten mit auf den Weg.

Nach etwa zehn Sekunden klappte unten die Haustür. Ich sah aus dem Fenster. Sie verschwanden um die nächste Ecke.

Der Mond verfinsterte sich wirklich, als ich wieder ins Bett ging. Ich wusste immer noch nicht, was ich von diesem Besuch und vor allem von meiner Rolle dabei zu halten hatte.

7

Am Ende meiner Straße befindet sich ein Park, den Gianluca und Giorgina als provisorischen Schlafplatz für geeignet hielten. Gianluca monierte zwar, dass er unter freiem Himmel lag und ihm zum Schlafen nur eine Bank zur Verfügung stand, ließ sich aber von Giorgina überzeugen, dass ein Platz unter freiem Himmel besser sei, als eingepfercht in einem Obdachlosenheim klaustrophobische

Anfälle zu bekommen. Außerdem stand neben der Bank ein kleiner steinerner Bär, der eine seltsam magisch-magnetische Wirkung auf Gianluca ausübte.

Gefühlte Temperatur ist nicht reale Temperatur, sagte Giorgina, und es liegt ganz an uns, welche Wärme oder Kälte wir uns angedeihen lassen. Es liegt an uns, ob es kalt ist oder warm. Sprach's und flog ohne Abschiedsgruß in die nächste Kneipe, über der in großen Buchstaben *Greifhagener Eck* geschrieben stand.

Greifhagener Eck, die richtige Kneipe für Spritkehlchen, dachte Gianluca. Vielleicht bringt sie mir mit dieser Lebensphilosophie auch noch irgendwann das Fliegen bei, sagte er sich, breitete die Decke über der Bank aus und schlief ein.

8

Für die Aufenthaltsgenehmigung brauchen Sie Passbilder, Herr Cardinale, sagte die Dame aus dem Einwohnermeldeamt, und Ihr Vogel braucht einen TÜV vom Technischen Überwachungsverein.

Die Dame zog sich eine Büroklammer aus den Haaren und wartete.

Warum muss ein Vogel technisch überwacht werden, Frau Stechbart? Er ist doch kein Flugzeug oder Auto oder Hubschrauber.

Nein, aber er muss gegen Staupe und Tollwut geimpft werden, und wenn er geimpft worden ist, erhält er eine weiße Prägemarke um den Hals und ist damit zugelassen.

Ich brauche keine prägische Wertmarke um meinen Hals. Erstens bin ich geprägt vom Taubenleben, und weise bin ich auch, Frau Stechbart.

Sie halten sich da raus, Sie Kanarienvogel. Ich rede nur mit Ihrem Besitzer.

Ich bin niemandes Eigentum, Frau Stechbart, ich bin vogelfrei und mit meinem Freund Gianluca Cardinale freiwillig assoziiert, schrie Giorgina.

Wenn Sie weiter so reden, melde ich das bei der Flugüberwachungsstelle. Also gehen Sie mit Ihrem freiassoziierten Vogel zum Tierarzt, wandte sie sich an Gianluca, und lassen Sie sich ein Attest über Keimfreiheit geben. Der Vogel scheint mir in Ordnung zu sein, außer dass er zu viel redet. Und besorgen Sie sich Passbilder, sonst kriegen Sie keinen Ausweis. Vor der Tür steht ein Automat, das haben Sie im Handumdrehen erledigt.

Ich bin eine ›Sie‹, Sie Frau Steckbart, kreischte Giorgina.

Reden Sie in Zukunft mit meinem Vögelchen so, wie es einem Rotkehlchen gebührt, Frau Stechbart, sagte Gianluca und warf die Bürotür hinter sich zu.

Sie kletterten in den Selbstbedienungsfotoautomaten, der im Flur stand. Gianluca stellte den Sitz auf die richtige Blickhöhe ein, warf drei Zweimarkstücke in den Schlitz, setzte sich Giorgina auf die Schulter, und der Automat blitzte vier Mal. Nach ein paar Minuten kamen die Fotos aus der Maschine.

Wir sehen seltsam aus, stellte Giorgina fest.

Gianluca betrat das Büro der Dame Stechbart und legte die Fotos auf den Tisch.

Das sind Fotos, mit denen Sie sich beim Zirkus oder beim Film oder beim Theater bewerben können, aber nicht bei uns. Geben Sie mir richtige Fotos von sich, auf denen Sie nicht so albern grinsen und Faxen machen. Und lassen Sie den Vogel weg, der gehört nicht auf ein anständiges Passfoto.

Ich bin nichts ohne dieses Vögelchen, und lachen werde ich immer.

Das Lachen wird Ihnen hier schon noch vergehen, Herr Cardinale. Ohne ernstzunehmendes Passfoto kriegen Sie keinen Fuß auf den Teppich. Raus jetzt.

Sehr wohl, Madame, das werden wir ja sehen, sagte Gianluca und schloss leise die Tür.

Von draußen hörte er noch das Geräusch eines an die Wand geworfenen Büroutensils.

Die Schönhauser Allee barst vor Autolärm.

Wenden wir uns in ruhigere Gegenden, sagte Gianluca.

Sie gingen auf die andere Seite, am Stadtbad Entwederoderstraße vorbei. Dort entdeckten sie einen freundlichen Laden, über dem *Das Künstlerfoto* stand.

Genau richtig für uns, dachte Gianluca. Sie betraten das Geschäft, die Ladenglocke bimmelte das Lied *Freude schöner Götterfunken, Tochter aus Elysium.* An den Wänden hingen viele Fotos von Menschen, die offensichtlich ein wenig aus der Reihe geraten waren. Einer hatte eine Glatze, war nackt und hatte lauter Blumen um sich herum verstreut. Giorgina sperrte den Schnabel auf und staunte. Nach wenigen Momenten kam aus dem hinteren Zimmer ein würdiger Inder mit gefalteten Händen, einem blauen Sari und einem etwa anderthalb Meter hohen Turban hervor.

Mein Name ist Bernd G. Kunerjee. Sie wünschen, Mylord?

Passfotos, please.

Oh, da muss ich Sie enttäuschen, Monsignore. Ich verfertige nur Künstlerfotos. Haben Sie mein Ladenschild nicht wahrgenommen?

Dann eben Passfotos für Künstler, sagte Gianluca Cardinale. Wir sind Künstler.

Mit so was Profanem gebe ich mich nicht mehr ab. Mit solch weltlichem Zeug möchte ich zeitlebens nichts mehr zu tun haben, sagte Herr Kunerjee.

Da haben Sie völlig recht, aber die Polizei will für meine Aufenthaltsgenehmigung richtige Passfotos. Ohne richtige Fotos kriege ich die nicht.

Bernd G. Kunerjee überlegte eine Weile und besah sich die beiden genau.

Ihr Vögelchen da auf der Schulter kann sicher sprechen, wenn ich mal raten darf, sagte Herr Kunerjee.

Gianluca und Giorgina staunten mit aufgerissenem Schnabel beziehungsweise Mund. Der erste Mensch auf ihrer langen Reise, der dieses, ohne dass Giorgina den Schnabel aufgemacht hatte, erkannte.

Ich mache Ihnen einen Vorschlag, Herr Cardinale …

Gianlucas Mund wurde noch größer.

Ich fotografiere Sie so mit Ihrem Vögelchen, wie ich es will, dafür produziere ich Ihnen einen Superpass, und das Ganze ist umsonst. Sollten Sie mal berühmt werden, wird sich das wieder ausgleichen.

Fantastisch, sagte Giorgina, los, schlagen wir ein, Gianni.

Und der Pass wird dann auch akzeptiert werden, Herr Kunerjee? fragte Gianluca.

Darauf können Sie sich verlassen, Herr Cardinale, der wird nicht nur täuschend echt, sondern so betörend schön sein, dass Sie selbst im Elysium ohne Probleme durchgelassen werden. Gehen wir erst mal an die Arbeit.

Bernd G. Kunerjee holte sich eine von seinen auserlesenen Zigaretten Marke Gun Hill aus der Schachtel, zündete sie an, rauchte und richtete dabei seine Fotoutensilien ein, als bereite er sich auf einen Opfergottesdienst vor. Alles ganz indisch, ruhig und gelassen mit der nötigen Prise Ekstase in den Augen.

Sie können machen, was Sie wollen, aber behalten Sie immer den Vogel auf der Schulter. Ich mache Sie zum absoluten Weltstar.

Mal hüpfte Bernd G. Kunerjee mit der Kamera wie Rumpelstilzchen um die beiden herum, mal ließ er sie sich steif in den verschiedenen Posen auf einen Diwan, auf einen Teppich und auf einen Tisch setzen. Nach vier Stunden und dreißig Gun Hills war die Fotosession beendet, Bernd G. Kunerjee setzte sich erschöpft nieder und strahlte. Schon wurden mit einem kleinen Fahrstuhl aus dem Elektronikkeller ein nagelneuer Pass, eine TÜV-Urkunde und eine Prägemarke in den Laden geliefert.

Ein bisschen Pause noch, dann setze ich allem den Stempel auf, sagte Herr Kunerjee. Irgendwie habe ich das Gefühl, heute eine wirklich große Arbeit geleistet zu haben.

Das glaube ich auch, sagte Giorgina.

9

Kurz vor Weihnachten träumte Gianluca, er sei der Wolf aus dem Märchen von Rotkäppchen.

Als Wolfsmensch sah er sich in einer großen Werkhalle aufwachen und schrie laut: Ich habe keine Lust mehr, auf irgendwelche halbgaren pickeligen Rotkäppchen zu warten, mir Pfoten und Stimmbänder mit Mehl und Kreide versauen zu lassen und was für unappetitliche Dinge noch für diese Märchen zu erfüllen sind. Aus. Ich habe die Schnauze gestrichen voll, und es ist auch nicht gut für meinen Rücken.

Dann geh doch mal zum Arzt, sagte Giorgina, die langsam im Traum in die Rolle des schlauen Fuchses wuchs.

Die wollen alle bloß Moos und machen meinen alten Rücken auch nicht mehr gerade.

Was halten wir denn von Arbeiten gehen, sagte Rotfuchs Giorgina.

Arbeiten gehen ist nicht unbedingt die allerschlechteste Idee, sagte Wolf-Luca, bereits halb Mensch, halb Tier geworden, italienischer Kopf noch und Wolfsunterleib schon.

Wenn das so weitergeht, bringe ich dich in den Zoo, mein Lieber, sagte Fuchs Giorgi. Aber zuerst gehen wir zum Arbeitsamt.

Die werden uns auch als Tiere keinen Job geben, Giorgi.

Als Wolf-Luca und Reineke Giorgi vor dem Arbeitsamt Storkower Straße 118 ankamen, wurden sie von einem Orientierungspförtner nicht nur unkontrolliert, sondern auch mit Handschlag begrüßt.

Welche Vermittlung hätten wir denn gern?

Wolf-Luca wurde blass, aber es war durch das Fell nicht zu sehen.

Natürlich Künstler, sagte Giorgina Reineke, deren Schnabel sich inzwischen in eine Schnauze umgebildet hatte und die auch sonst sehr fuchsmäßig in Größe und Statur geworden war.

Künstler, sagte der dicke Orientierungspförtner, also zu Isolde Terzki: 4. Stock, Zimmer 418.

Natürlich zu Isolden der Holden, sagte Wolf-Luca, und sie bestiegen den Fahrstuhl.

Die Gesichter, die ansonsten noch zu sehen waren, trichterten den beiden nicht gerade viel Hoffnung und Freude ein, aber Giorgina Reineke machte trotzdem gute Miene zum obszönen Spiel. Merkwürdigerweise waren sie bereits nach drei Minuten dran.

Frau Isolde Terzki thronte hinter ihrem Computer und lächelte fies.

Frau Reineke, würden Sie bitte draußen Platz nehmen. Hier ist immer noch Einzelabfertigung.

Das werde ich mir merken, dachte Wolf-Luca.

Das werde ich mir merken, dachte Giorgina und schnürte auf den Flur.

Also, Herr Brasch, nach zwei Jahren Arbeitslosigkeit, unterbrochen von zwei ABM-Stellen, wird es langsam Zeit, dass Sie wirklich ernsthaft über das Thema Arbeitsplanung nachdenken.

Moment mal, sagte Wolf-Luca, erstens bin ich nicht Herr Brasch, zweitens, was sind ABM-Stellen, und drittens, was bedeutet für Sie Arbeitsplanung?

Ein Leben hat doch immer eine Zukunft, Herr Brasch, lispelte Isolde Terzki, und eine Zukunft muss geplant werden. Auch wenn Sie zur Zeit keine Tätigkeit ausüben, müssen Sie doch zumindest einen Plan haben, wie Sie in Zukunft leben wollen. Sie wollen mich doch mit dieser Blauäugigkeit nicht auf den Arm nehmen?

Eigentlich nicht, aber wenn Sie weiter solch ein Blech daherquatschen, dann tue ich es, sagte Wolf-Luca.

Frau Terzki starrte immer noch in den Monitor, ohne ein einziges Mal ihrem Besucher ins Gesicht zu sehen.

Herr Brasch, nun kommen Sie doch mal zur Vernunft, ich führe Sie schon seit 1990 in meiner Kartei, also machen Sie keine Umstände. Ich entnehme Ihrer Karte, dass Sie auch serbokroatisch sprechen können. Ich habe hier eine nette Stelle für Sie. Dolmetscher für ausländische Bauarbeiter bei der Firma Lisse-Bau am Luckeweg in Schöneberg.

Zum letzten Mal: Erstens bin ich nicht Herr Barsch oder wie der Knabe heißt, sondern Wolf-Luca Cardinale aus Checosabello bei Messina, zweitens spreche ich nicht bloß serbokroatisch, sondern vor allem italienisch, drittens können Sie sich ihre Dollmischerstelle bei der Firma Pisse-Bau am Spuckeweg in Stöhneberg an den Hut stecken, brüllte Gian-Wolf-Luca. Und jetzt gucken Sie mich endlich an!

Sie Person Sie, Sie infame Person Sie, kreischte Isolde Terzki.

Dass ich eine Person bin, weiß ich, und auf den Arm nehme ich Sie auch. Und nicht nur das. Ich bin nämlich der böse Wolf und befördere Sie jetzt ins Jenseits. Sprach's, öffnete das Fenster, und Isolde Terzki arbeitete von nun an als Blumenrabatte vor dem Arbeitsamt VII, Storkower Straße 118.

Schnapp dir den Computer, sagte Reineke Giorgi, und sie machten, dass sie Land unter die Füße bekamen.

10

Braune Blätter bedeckten die beiden am Ende dieser alpträumerischen Nacht. Gianluca wollte Wolfsheulen erschallen lassen, doch die Stimme versagte ihm. Statt dessen streichelte er Giorgina über den Kopf und dachte: Schön, dass sie kein Fuchs ist.

Aufwachen, Giorgi.

Rotkehlchen lüpfte ein Auge und sagte: Woher haben wir den Computer, Gianni.

Wirklich, neben der Bank stand ein Computer.

Ich habe davon geträumt, sagte Gianluca.

Ich auch, sagte Giorgina.

Gianluca drückte eine beliebige Taste und dann noch eine. Das Foto einer lächelnden Frau mit großen braunen Augen erschien.

Diese lachende Dame habe ich irgendwo schon mal gesehen, sagte Gianluca. Ich frage mich nur, was sie im Computerprogramm des Arbeitslosenamtes zu suchen hat. Sie sieht nicht aus, als sei sie besonders unglücklich.

Giorgina flatterte auf die Tastatur des Computers und drückte die Weiterführungstaste. Ein Text erschien auf dem Monitor:

Sylvia Seewalde, geboren am 32. Februar 1892 in Bärlin, Berufswunsch: Prahlinenherstellerin

An diesem Text ist aber auch alles falsch. Ich kann mir nicht vorstellen, dass eine Frau, die so freundlich in die Welt schaut, schon 1892 geboren sein soll und noch dazu an einem Tag, den es in keinem Kalender der Welt gibt. Dass Pralinen durch Prahlerei herzustellen sind, ist mir ebenfalls unbekannt.

Giorgina hackte weiter auf den Computer ein, aber der hatte bereits seinen heiligen Geist aufgegeben.

Kein Wunder, sagte Giorgina, dass du in diesem Ding für diesen Brasch gehalten wurdest, sagte Giorgina.

Den Knaben kaufe ich mir noch mal. Solche Schwachsinnspost kann er in Zukunft allein erledigen. Und jetzt weiß ich auch, wo ich Frau Seewalde schon mal gesehen habe.

Wo denn? wollte Giorgina wissen.

Im Laden hinter deinem Greifhagener Versteck. Rudis Rudimentäres Reste Reich. Wo es alles gibt und billig.

Kann ich mich nicht erinnern.

Kunststück. Du hast mich beim Einkaufen noch nie begleitet, sagte Gianluca mit tiefem Vorwurf in der Stimme. Du hast es immer vorgezogen, gleich in die Kneipe zu gehen.

Und das werde ich jetzt auch tun, sagte Giorgina und schwirrte von dannen.

Na, was haben sie denn für einen speziellen Wunsch, mein Engelchen? fragte die Verkäuferin Sylvia Seewalde, als sie Gianluca zwischen den Regalen herumirren sah.

Gianluca drehte sich nach allen Seiten um, konnte aber nichts entdecken, was einem Engel ähnlich sah. Außer ihm und der Verkäuferin war überhaupt niemand im Laden. Er zeigte mit fragendem Gesicht auf sich, und Frau Seewalde nickte. Gianluca wurde weiß, dann rot.

Ich hoffe doch, Sie haben nicht schon heimlich was verschwinden lassen, Engelchen?

Nein, ich denke nur darüber nach, was ich für zehn Mark und vierundzwanzig Pfennig einkaufen kann.

Schokoladenweihnachtsmänner sind zur Zeit sehr günstig. Das Weihnachtsgeschäft ist bereits erledigt, die ganze Welt denkt schon an Ostern und an den Sommerurlaub. Jetzt kauft keiner mehr diese freundlichen Jungs, obwohl das Verfallsdatum noch lange nicht erreicht ist. Schokolade bleibt Schokolade. Oder?

Sie nahm sich einen von den großen Weihnachtsmännern, riss ihm mit einem Zug die Silberpapierumhüllung vom

Hohlkörper, und im Handumdrehen war der Weihnachtsmann vernascht. So verfuhr sie auch mit einem zweiten und einem dritten, und hätte nicht die gerade eintretende Kollegin Kerstine dieser Orgie Einhalt geboten, hätte Sylvia Engelchen die Kiste leer gemacht.

Du sollst das Zeug an den Mann bringen und nicht selber vernichten, sagte Kerstine.

Das kauft doch sowieso keiner, es sei denn, wir verkaufen es diesem hungrigen italienischen Engelchen hier zum Vorzugspreis, Quengelchen.

Die Verkäuferin Kerstine musterte Gianluca eingehend von oben bis unten. Der ließ seine Wangen einfallen und knickte den linken Fuß nach innen, auf dass er noch ein wenig leidender aussähe.

Zehn Pfennig pro Stück Weihnachtsmann, wenn er die Bananen vom Wochenende mitnimmt, sagte Quengelchen Kerstine.

Dafür bekam sie einen Blick von Engelchen Sylvia, der, wenn Blicke verbrennen würden, sie sofort in einen Haufen Asche verwandelt hätte.

Diese Dinger würde ich nicht mal einem halbverhungerten Affen anbieten, sagte sie und hatte bereits den nächsten Weihnachtsmann beim Wickel.

Ich kann mir ja die schönsten aussuchen, sagte Gianluca. Den Rest gebe ich meinem versoffenen Vögelchen zum Frühstück.

Kerstines Geschäftssinn erwachte, und sie ließ sich zu einem übermäßig süßen Lächeln hinreißen.

Die Kiste Schokoladenweihnachtsmänner für zwei Mark und alle Bananen umsonst, wenn du sie mir weit weg vom Hals schaffst.

Gianluca dachte an den Park und wie er mit Hilfe der vergammelten Bananen alle Tauben von seiner Schlafbank fernhalten konnte.

Ich bin einverstanden, sagte er, und Quengelchen Kerstine ging zufrieden in ihr Verkaufskontor.

Engelchen Silvia holte eine große Kiste aus dem hinteren Lagerraum, und sie packten gemeinsam die guten Bananen und zwanzig hohle Weihnachtskörper ein.

Bis morgen, Engelchen, rief Sylvia Engelchen Gianluca hinterher, als der mit den Kisten im Kuglerpark verschwand.

Ciao, Engelchen, rief Gianluca zurück.

Eine Rentnerin, die gerade ihren Weihnachtsbaum vom Fenstergitter band, bekam einen Lachkrampf und rief laut: Ruhe im Paradies, sonst hol ich den Teufel.

Gianluca warf die schlechten Bananen in einen Biogutcontainer, schob ihn an das andere Ende des Parks, und wie erwartet, stürzte alles Taubengetier genau dorthin. Er setzte sich auf seine Schlafbank und fand zu seiner Überraschung in der Kiste nicht nur die Bananen und Weihnachtsmänner, sondern noch viele andere Sachen, die zum alsbaldigen Verzehr gedacht waren. Wie Sylvia Engelchen Seewalde diese Dinge darunter hatte verstecken können, war ihm ein Rätsel. Es musste etwas mit dem kaputten Computer zu tun haben.

Aber ein geschenkter Gaul bleibt lieber ungelöst. Schon wegen des Mundgeruchs, dachte Gianluca. Der Winter war wenigstens von der nahrungstechnischen Seite her abgesichert.

11

Giorgina kehrte reichlich angeschickert aus dem Greifhagener Versteck zurück. Sie flog auf ihren Schlafbaum und begann sofort zu schnarchen.

Willst du mich nicht mal loben? fragte Gianluca.

Warum sollte ich dich loben?

Ich habe Lebensmittelvorräte für den gesamten Winter besorgt.

Sehr löblich, mein Freund, lallte Giorgina. Und was hast du morgen an Zukunft eingeplant?

Morgen gehen wir zu den Steuerberaterinnen Frau Kess und Frau Bieger in die Greifhagener Straße.

Sehr genau, präzise und ungeschönt, Gianni. Diesen Realismus liebe ich an dir. Aber kannst du mir sagen, was das Ganze soll? Wir haben weder ein Auto, noch ein Fahrrad, noch ein sonstiges Gerät zum Steuern, für das du dich beraten lassen musst. Ich kann fliegen ohne Steuer, und du kannst laufen ohne Lenkrad. Wozu willst du dich beraten lassen?

Wir müssen unser unversteuertes Geld anmelden. Das steht zumindest in den Papieren, die wir von unserem Freund Brasch zur Bearbeitung erhalten haben.

Wenn wir auch beim Einwohnermeldeamt Glück hatten: Beim Finanzamt kommen sie uns eher auf die Schliche. Ich habe schon Rennpferde vor veterinärpharmazeutischen Einrichtungen sich übergeben sehen.

Sehr gepflegt ausgedrückt,

Gianni, aber ich würde, betrachte ich deinen krummen Rücken, eher bei einem Bankberater vorstellig werden, der dir vielleicht eine Matratze schenkt für deine Parkbank. Du wirst nicht nur im Kopf langsam ein Fragezeichen, sondern auch in deiner Statur und deinem aufrechten Gang. Der Sizilianer in dir stirbt langsam ab.

Ruhe auf dem Baum jetzt, rief Gianluca in die Stille des verlassenen Parkspielplatzes, ich muss mich sammeln.

12

Am nächsten Morgen stand Gianluca bereits um sieben Uhr am Tierspringbrunnen, benetzte sein Gesicht mit Wasser, putzte sich mit dem Finger die Zähne und sang seltsam gut gelaunt das Lied *Wenn bei Capri die rote Sonne im Meer versinkt.*

Gibt es immer noch einen Fisch, der vom Kopf her stinkt, kam von Giorgina miesgelaunt die Antwort.

Sie setzte sich dem Steinbärchen auf den Kopf, schnippte einen Wassertropfen durch die Luft und sagte: Ich möchte mal wissen, was dieser ganze Zirkus soll. Musst du um jeden Preis Bekanntschaft mit jedem Amt in diesem Land schließen? Solange die Leute vom Finanzamt nicht wissen, dass du irgendwann in Mailand mal einen Wettgewinn verbuchen konntest, solltest du die schlafenden Hunde nicht wecken.

Und wenn ich nicht nur geträumt habe, dass die norditalienischen Traktoristenterroristen Inter Mailand fünf zu null geschlagen haben, dann hat sich das bestimmt bis Grönland und zur Antarktis herumgesprochen, sagte Gianluca.

Aber wer den Gewinn gemacht hat, bestimmt nicht, sagte Giorgina. Also lass diese Steuer- oder Ruder- oder Paddelberaterinnen außen vor und denk dir was Originelleres aus.

Während Gianluca eine Ladung Eau de Cologne aus einer Probierpackung um sich versprühte, machte sich Giorgina ernste Gedanken um den Geistes- und Seelenzustand ihres Freundes.

Ich werde das alles aufmerksam verfolgen, um das Schlimmste zu verhindern, dachte Giorgina. Dazu ist es leider unerlässlich, den alkoholischen Spaßgetränken etwas zu entsagen. Aber gut, ich werde auch diesen Zweig zu tragen wissen, Hauptsache, Gianluca bleibt mir gesund erhalten.

Der hatte sich inzwischen so viel Gel in die Haare geschmiert, dass er aussah wie Al Pacino und Al Capone zusammen. Wie Al Cappucino.

Solange er noch italienisch aussieht, ist alles in Ordnung, dachte Giorgina und fügte sich vorerst in ihr Schicksal. Sie gingen schweigend durch den Kuglerpark.

Beim Steuerbüro drückte Gianluca den Summer. Die Tür öffnete sich von alleine. Sie gingen in den ersten Stock und betraten einen langen Flur, an dessen Ende ein kleiner Tisch stand. Rechts und links surrten Rechenmaschinen.

Aus den Türen traten plötzlich nicht nur eine, sondern gleich vier Damen, die im Chor zu singen anfingen:

Werter Herr, was ist Ihr Begehr?

Haben Sie Probleme mit dem Finanzverkehr?

Giorgina grinste und konnte sich nicht verkneifen zu flüstern:

Wegen Geld sind wir schon hier.

Wir brauchen einen Rat und nicht gleich vier.

Du sollst die Klappe halten, Giorgi, fauchte Gianluca.

Acht Augen sehen mehr als zwei, sagte die kleine Chefin des Quartetts.

Allein ist die Arbeit nur Plackerei.

Mein Name ist übrigens Ines Kess.

Alleine arbeiten bedeutet nur Stress.

Ich nenne mich Geheimrätin Bieger, sagte die zweite Dame.

Beim Finanzamt machen wir Sie zum Sieger.

Geheim bin ich auch und heiße Frau Schößer.

Wir machen Ihr Guthaben schöner und …

Größer, piepste Giorgina.

Du sollst den Schnabel halten, Giorgina, sagte Gianluca.

Nun machen Sie es sich erst mal bequem

Und nennen uns Ihr Finanzproblem, sagte Frau Bieger.

Gianluca dröhnte der Kopf. Das Steuerberaterbüro ähnelte eher der Probebühne der Mailänder Scala. Die Verse wurden in hohem Koloratursopran (Frau Kess), lyrischem Alt (Frau Bieger) und dramatischem Mezzosopran (Frau Schößer) vorgetragen. Das ließ sein Herz höher schlagen und er sang:

Meine Damen, ich habe Angst vor der Steuer,
In Italien gewann ich beim Toto ganz ungeheuer.
Muss ich jetzt davon die Hälfte oder mehr abgeben,
Oder kann ich ohne Sorge so weiter leben?

Es wurde still im Raum. Die vier Damen dachten ernsthaft nach.

Das ist ein außergewöhnlicher Fall, sang Frau Kess.
Den findet man nicht überall.
Doch mit ein bisschen Fantasie
Finden wir schon eine Lösung für Sie.

Ich finde, jetzt sollten wir aber zum prosaischen Teil der Angelegenheit übergehen, sagte Frau Bieger, denn das Leben ist schließlich keine Operette, auch wenn es manchmal so aussieht.

Frau Schößer schritt zum Fenster und öffnete es weit. Sämtliche lyrisch-dramatischen Stimmungen entwichen.

Nun geben Sie uns erst mal alle nötigen Informationen, sagte Frau Kess, wie Sie heißen, wo Sie geboren sind, wo Sie wohnen, welchen Beruf Sie ausüben und diesen gesamten anderen Schwachsinn, den wir für Ihre Steuererklärung brauchen.

Gianluca begann: Ich heiße Gianluca Cardinale, geboren in Checosabello bei Messina, wahrscheinlich zwischen dem vierzehnten und achtzehnten September neunzehnhundertvierundfünfzig, gegen zweiundzwanzig Uhr, von Beruf bin ich Glockenläuter, Totengräber und Leichenwäscher, und mein Wohnsitz ist zur Zeit im Kuglerpark auf der Bank neben dem Steinbärchen.

Die vier Damen prusteten gleichzeitig los vor Lachen, und fast hätte das die Ouvertüre für eine neue Oper abgegeben, wenn nicht Giorgina zu weinen angefangen hätte.

Was hat denn Ihr wunderkunterbuntes Vögelchen mit einem Mal? fragte Frau Schößer besorgt.

Es scheint ihr offensichtlich klar geworden zu sein, in welch aussichtsloser Lage wir uns befinden, sagte Gianluca. Den Gewinn dieser Totoeinnahmen haben wir auf dem Alexanderplatz fast verspielt, eine feste Bleibe haben wir nicht, und fern des Ortes, den man gemeinhin Heimat nennt, sind wir ebenfalls.

Sehen Sie es doch mal von der freundlichen Seite, Herr Cardinale, erläuterte Frau Schößer. Bald ist Frühling, dann kommt der Sommer, und der Herbst wird sicher auch schön. Bis zum nächsten Winter haben wir noch viel Zeit, und eine Menge Wasser wird die Spree heruntergeflossen sein.

In der Spree werde ich mich wohl ertränken, weinte Giorgina.

Du ertrinkst in ganz was anderem, meine Liebe, sagte Gianluca. Nehmen Sie das Geheule nicht so ernst, meine Damen. Was mein Vögelchen braucht, ist einzig und allein ein Schnaps. Ich habe ihr Gaststättenverbot für heute Morgen gegeben.

Gönnen Sie ihr doch einen kleinen Bacardi, Herr Cardinardi, sagte Frau Schößer und hub bereits wieder an zu singen.

Nachher, sagte Frau Kess. Im ersten Jahr sind Lottogewinne steuerfrei, da sehe ich keine weiteren Probleme. Das Problem liegt eher darin, wie Sie zu Geld kommen. Einen Steuerberater brauchen Sie eigentlich nicht.

Dann kann ich ja wieder gehen, sagte Gianluca.

Nein. Sie haben so schön mitgehalten bei unserem Quartett, und einen italienischen Countertenor, der außerdem aus Sizilien kommt und ein Abkömmling von Lollocar Bridgidanale ist, hatten wir noch nie als Klienten. Eine willkommene Abwechslung in dieser tristen Finanzwelt. Wir könnten doch zum gegenseitigen Vorteil folgendes Abkommen treffen.

Sie kommen jeden Tag aus dem Park zu uns und singen mit uns gemeinsam italienische Opernarien, Duette, Terzette, Quartette und Quintette, und wir präparieren Ihnen eine Steuererklärung, die sich gewaschen hat, die so hieb- und stichfest ist wie die chinesische Mauer und bei der Sie außerdem noch Geld kriegen.

Und was ist mit den Sextetten? plärrte Giorgina.

Halt endlich deinen vorlauten Schnabel.

Natürlich darf Ihr Vögelchen auch mitmachen, Herr Cardinale.

Fein, ich lege euch einen Basspart hin, da kommt ihr alle ins Kreischen.

Die Damen setzten sich an die Maschinen und erstellten in einer Viertelstunde eine Steuererklärung, die vor allem aus berufsbedingten Ausgaben bestand: Flugscheine, Taxirechnungen, Materialkosten für die Ausbesserung der Parkbank, Zahnarzt- und Massagegebühren, des weiteren Tierarztrechnungen für Giorgina, Vogelfutter und Bewirtungskosten im Greifhagener Eck.

Und Sie meinen, Sie kommen damit durch? fragte Gianluca.

Die vier Damen nickten einhellig, zwiespältig lächelnd. Frau Kess setzte den Stempel unter die Formulare, Gianluca unterschrieb, Frau Schößer, Frau Bieger und Frau Hößler segneten das Ganze als Zeugen ab, und die vereinte Steuerklärung wanderte in einen braunen Briefumschlag.

13

Die Zukunft ist auch nicht mehr das, was sie mal war, sagte Gianluca in die stille Kälte der Dezembernacht.

Das ist nichts Neues, sagte Giorgina.

Ich bin ja schon still.

Sie gingen langsam die eine Seite der Schönhauser Allee hinauf, die andere wieder hinunter. Es war die Zeit zwischen vier und sechs, in der sich auch Wunder und andere abenteuerähnliche Ereignisse zur Ruhe in die äußersten Ecken der Straße gelegt hatten. Außer einem schnarchenden Straßenschläfer war niemand zu sehen.

Lieber vogelfrei als wohnhaft, sagte Giorgina.

Auf unserer Parkbank im Kuglerpark können wir nicht ewig bleiben, sagte Gianluca.

Der Straßenschläfer stand auf und kam von seinem Platz unter der U-Bahnbrücke auf Gianlucas Seite.

Hast du noch 'ne Lulle für einen alten Berber, junger Mann?

Gianluca kramte in einer der siebenundvierzig Jackentaschen und holte eine zerknüllte Zigarettenschachtel hervor. Eine Zigarette war noch drin.

Die rauch mal selber, Kumpel, sagte der Berber.

Teilt sie euch schwesterlich, sagte Giorgina, ich lege heute mal einen abstinenten Tag ein.

Der Stadtschläfer blickte suchend um sich. Bist du 'n Bauchredner oder so was? fragte er Gianluca.

Das ist mein Rotkehlchen Giorgina, das trinkende Sprachwunder aus Sizilien.

Ich verstehe zwar nur Bahnhof, erwiderte der Stadtschläfer, aber es wird schon in Ordnung gehen. Und wenn ein Tag mit einer schwesterlich geteilten Lulle anfängt, kann er eigentlich nur schön werden.

Sie setzten sich auf die Bordsteinkante und rauchten abwechselnd, langsam und schweigend.

Als Gianluca die letzten drei Millimeter der Kippe ausgedrückt hatte, sagte der Stadtschläfer: Ich bin Kalle Kurzweg aus Königs Wusterhausen, und wer bist du?

Gianluca Cardinale aus Sizilien.

Wer's glaubt, wird selig, aber in unseren Kreisen tragen wir alle Antonyme Grafen als Namensbezeichnung. Du bist also von jetzt an Hansi für mich und dein Vogel Georgi. Alles klar.

Alles klar, antwortete Gianluca. Warum heißt du Kurzweg?

Ganz einfach. Wir hatten in der Nähe von Königs Wusterhausen ein kleines Haus, das wir uns über die Jahre mühselig aufgebaut hatten, und dann kam eines Tages ein Alteigentümer aus Hameln, der wollte sein Grundstück wiederhaben. An dem stimmte alles. Er war alt, sehr eigen und tümer und sah wirklich aus wie der berühmte Fänger aus dem Lied. Und da meine Alte eine Ratte ist, ist der Rest schnell erzählt. Eines Tages, ich kam gerade aus dem Bahnhofshotel vom Frühschoppen, hatte der alte Eigentümer aus Hameln nicht nur meine Datsche, sondern auch meine Alte in Besitz genommen. Ich sagte, ich geh nur mal kurz weg, Zigaretten holen. Ich setzte mich in die nächste S-Bahn Richtung Zoo, und so bin ich hier gelandet. Kurzweg zum Zigarettenholen. Ich habe die Sache meinen neuen Freunden erzählt, und damit hatte ich meinen Namen weg.

Du hast dir so einfach die Frau wegnehmen lassen, Kurzweg?

Was sollte ich machen? Der Alteigentümer lag grade drauf. Ich verderbe doch niemandem seinen Spaß. Außerdem ist mit mir in der Beziehung sowieso nicht mehr viel los. Das Häuschen hätte ich gern behalten.

In Sizilien hätte das mit dem Tod geendet, sagte Gianluca.

Andre Länder, andre Sitten. Kalle Kurzweg lachte.

Das ändert jedoch nichts an der Tatsache, dass wir nichts mehr zu rauchen und zu trinken haben.

Ich sage auch immer: Ich trinke nicht mehr … aber auch nicht weniger, sagte Kalle Kurzweg. Wollen wir dieses schwierige Thema nicht lassen, Freunde? Ich habe keine Probleme mit Alkohol. Nur ohne. Um sechs öffnet der

Zeitungskiosk. Wie ist es um eure finanziellen Rücklagen bestellt, ihr sizilianischen Frauenmörder?

Niente, sagte Gianluca.

Wer ist das? Kenn ich nicht, sagte Kurzweg.

Niente heißt, dass wir keine müde Lira, geschweige denn Mark haben, piepste Giorgina.

Mit deinem dunklen Gesicht und deinem plappernden Rotschnabel kriegen wir vielleicht eine Handgranate umsonst. Lasst uns bis dahin noch ein Nickerchen machen. Nach dem Motto: Was ich heute kann besorgen, kann ich mir bis morgen borgen.

Sie gingen zum Gemüsemarkt, stiegen in übrig gebliebene Pappkartons und dämmerten dem Tag entgegen.

Am nächsten Morgen standen sie pünktlich um sieben Uhr vor dem nächsten Zeitungskiosk.

Versuch mal dein Glück, Italiener, sagte Kalle.

Ich versuch's, sagte Gianluca und stand von dem Bordstein auf.

Nein, nein, das kann nicht wahr sein, erscholl es vom Zeitungskiosk, Alain Delon, Alain Delon ist da.

Wusste ich's doch, sagte Kalle Kurzweg zu Giorgina, wusste ich doch, dass es klappt.

Die Zeitungsverkäuferin hielt eine Filmillustrierte in die Höhe und verglich das bunte Gesicht auf der Titelseite mit dem Gesicht Gianlucas.

Falsch, sagte sie, Sie können nur sein Vater sein.

Danke für das Kompliment, aber ich habe nichts mit dem zu tun. Ich habe überhaupt nichts mit Schauspielern zu tun. Weder bin ich der Bruder von Claudia Cardinale, noch der Sohn von Alain Delon, noch die Tante von Sophia Loren. Sie können mir aber trotzdem helfen.

Ich sehe schon, olle Kalle sitzt im Rinnstein und braucht was gegen seinen Flattermann.

So ist es.

Ich habe hier einen Zettel, mein Freund, sagte die Zeitungsfrau, der ist schon ganz schön lang.

Sie wedelte mit einem Block vor Gianlucas Nase herum. Darauf standen bereits abgehakte Fünferblöcke mit Strichen, aber auch viele, die noch nicht abgehakt waren.

Was machen wir denn da, sagte Gianluca und starrte an die Decke des Kiosks.

Ich heiße Cordelia Kind. Ich nehme an, Sie werden sich länger in dieser Gegend aufhalten.

Was hat das mit Kalles Kredit zu tun?

Cordelia Kind kam hinter dem Verkaufstresen hervor und kratzte am Ärmel von Gianlucas Seidenjacke.

Eine schöne Jacke haben Sie da. Die hat bestimmt mal einem Schauspieler gehört.

Gianluca sah auf die Straße. Giorgina hatte inzwischen auf Kalles Schulter Platz genommen und flüsterte ihm etwas ins Ohr.

Diese Jacke habe ich mir wahrscheinlich von einem Wettgewinn gekauft.

Sagen Sie Lebewohl zu der Jacke, und Sie haben in der nächsten Zeit unbegrenzten Kredit bei mir, sagte Cordelia das Kind und fasste die Jacke am Revers. Und wetten können Sie bei mir auch.

Gianluca atmete tief ein, sah noch einmal auf den Haufen Unglück auf der Bordsteinkante und sagte: Halten Sie die Jacke in Ehren, Frau Cordelia.

Er zog sich die Jacke aus und reichte sie über den Tresen, wo die Zeitungsverkäuferin schon dabei war, eine Flasche Wodka einzutüten.

Und für Sie gebe ich noch eine Milch und eine Zeitung mit hinein. Sie haben ein weites Herz, Herr Cardinale. Deshalb verehre ich Ihnen auch die Trainingsjacke von meinem Bruder. Sie ist ihm zu klein geworden.

Sie ging in den hinteren Teil des Standes und holte ein ziemlich eingelaufenes Stück hervor. ASK Vorwärts stand auf dem Rücken.

Darf ich fragen, was das bedeutet?

Das können Sie auch abtrennen, wenn Sie wollen. Mein Bruder war mal Gewichtheber beim Armeesportklub Vorwärts Berlin.

Es ist schön gelb, sagte Gianluca. Ich benenne es um in: Adria Sonne Kalabriens.

Freundlicher Mensch, dieser Herr Italiener, nicht wahr, Cordelia?

Das Gesicht von Cordelia dem Kind nahm eine strenge Fasson an. Hast wieder einen Idioten gefunden, was Kalle? Fahr lieber zu deiner Frau und schmeiß den alten Eigentümer raus.

Kalle senkte die Augen und legte den Arm um Gianlucas Schulter. Mit Hilfe meines italienischen Freundes werde ich das schaffen.

Aber ein bisschen Mut muss er sich dazu antrinken, sagte Giorgina.

Der Mund der Zeitungsverkäuferin blieb offen stehen, als die drei wieder in den Kuglerpark gingen.

Kalle nahm die Flasche Wodka aus der Tüte und hielt sie gegen die Sonne.

Sehr klar, sehr klar sogar. Und wie herrlich sich die Strahlen darin brechen. Diese pastellenen Farben und dieser Hauch von Vergänglichkeit, der sich darin spiegelt. Ein einziges Werden und Vergehen im Spektrum der Jahreszeiten.

Willst du einen Gottesdienst zelebrieren oder einen trinken? fragte Giorgina spitz.

Alles braucht seine Zeit, sagte Kalle, während er die Flasche aufschraubte.

Gianluca sah der Prozedur unbeteiligt zu und las in der Zeitung die neuesten Nachrichten. Der Kanzler war zu einer Abnahmekur an den Wolfgangsee nach Österreich gefahren, im Sternbild Jungfrau wurde Borussia Dortmund Weihnachtsmeister, die Lira stand schlecht und Möbel gab es am preisgünstigsten bei Omi und Opi.

In der Trainingsjacke fühlte er sich wohler als in dem Seidenjackett, dessen Herkunft er immer noch nicht orten konnte. Alles Vergangene erschien ihm genauso nebelhaft wie alles, was er erwarten wollte oder konnte. Seine beiden Nachbarn hatten es leichter.

Alles neu macht der Mai, doch am schönsten, Herr Ober, schmeckt der Korn im Oktober, flüsterte Kalle.

Wir leben im Dezember, Kalle.

Do you remember, am besten schmeckt der Schnaps im Dezember, sang Giorgina.

Egal, in meinem Leben ist es immer Herbst. Denn wäre es Winter, wäre ich schon tot.

Ich schlage vor, wir fahren jetzt nach Königs Wusterhausen und schmeißen den alten Eigentümer aus deinem Haus.

Alles zu seiner Zeit, sagte Kalle und nahm einen tiefen Schluck aus der Flasche. Nach Königshausen können wir immer noch nach Weihnachten fahren.

Kalle legte sich auf die Bank und streckte die Beine aus.

Ich glaube, es hat keinen Sinn, sagte Giorgina und flog auf ihren Schlafbaum.

Gianluca nahm Kalle die Flasche aus der Hand und überlegte, was er tun sollte. Er könnte Kalle aufwecken und ihm eine Predigt halten, er könnte die Flasche selbst austrinken oder sie an die nächste Hauswand werfen. Es hätte keinen Sinn.

Giorgina arbeitete an ihrem Nest und spielte die unerschrockene Nichtsahnende.

Gianluca ging weiter in den Park und dachte nach. Mit schwer gewordenem Herzen grub er ein kleines Loch in den Parkboden und versenkte die Flasche darin, bis nur noch der Verschluss zu sehen war.

Halbherzig, dachte er, sehr halbherzig. Aber wenn sie oder er saufen wollen, dann sollen sie wenigstens nach ihrem Schnaps suchen.

14

Am vierundzwanzigsten Dezember flogen Schneebälle an mein Fenster. Ich sah ihn frierend in der Mitte der Straße stehen. Sein Vogel flog Loopings und Kreise um eine Straßenlaterne und kreischte: Stille Nacht, Heilige Nacht, schnell die Türen aufgemacht, wir wolln uns an Gutem und Schönem erlaben, schnell her mit allen Geschenken und Weihnachtsgaben.

Ein paar Fenster gingen auf und einige Schlaflose schrien »Ruhe«.

Kommt rein und macht keinen Lärm, sagte ich, als sie vor der Wohnungstür standen. Aus Gianlucas Nase wuchs ein Eiszapfen, und Giorginas Schnapsfahne reichte so weit, dass selbst meine Gefährtin sich im Bett umdrehte und für einen Moment wieder wusste, dass sie nicht in Portugal imaginäre Palmen malte, und rief: Wenn du wieder anfängst zu saufen, mein Freund, dann ziehe ich zurück zu meiner Mutti nach Treuenbrietzen.

Ich gab keine Antwort, sondern schloss die Tür, damit die Fahne sich einen anderen Weg suchen musste.

Ihr seht, wozu ihr imstande seid, sagte ich.

Giorgina setzte sich auf die Gardinenstange und schwieg beleidigt. Gianluca nahm den Eiszapfen aus der Nase und warf ihn in die Badewanne. Dann holte er aus seiner Tasche ein Päckchen. Es roch nach altem Öl und Hühnerfleisch.

Kleine Aufmerksamkeit zum Heiligen Abend. Diese Tiere hießen wohl früher Goldbroiler, wie uns die Verkäuferin unter dem Magistratsschirm erklärt hat.

Dann holte er einen Schnellhefter unter seiner Trainingsjacke hervor und sagte: Wir haben alles wunschgemäß erledigt. Alles hier nachzulesen. Wir waren auf dem Einwohnermeldeamt, auf dem Arbeitsamt, wir haben mit den Finanzbehörden verhandelt, außerdem viele Menschen in der Umgebung kennengelernt und fühlen uns fast schon wie zu Hause, wenn es nur nicht so kalt wäre.

Ich kann euch leider nicht helfen. Diese Wohnung ist immer noch zu klein für mehr als zwei, wie ihr seht, sagte ich. Aber einen heißen Tee kann ich euch machen.

Ein heißer Tee ist gut, sagte Gianluca.

Ich wartete darauf, dass Giorgina einen Rum darin verlangte, aber sie starrte weiter beleidigt aus dem Fenster.

Wir nagten an dem halben Brathahn und schwiegen.

Kannst du uns vielleicht ein bisschen Geld dafür geben, dass wir deine Arbeit erledigen und du dich mit deiner Gefährtin in deine vier Wände zurückziehen kannst?

Ich kann dir was geben, aber viel ist es nicht.

Ist keine Steuerrückzahlung für mich gekommen?

Du weißt doch, dass ich meine Post nicht mehr aufmache, sagte ich und schob ihm einen neuen Haufen Briefe über den Tisch.

Wie ein Buchhalter raste er mit dem linken Zeigefinger durch die Umschläge, holte einen gelben Brief hervor und las: Finanzamt Prenzlauer Berg/Friedrichshain An Herrn Gianluca Cardinale bei Brasch.

Ihm wurde mitgeteilt, dass er zweihundertzwölf Mark und vierundzwanzig Pfennige erstattet bekommen würde.

Dann muss sich das Geld wohl auf deinem Konto aufhalten, denn die Damen haben deine Adresse benutzt. Also her mit der Kohle.

Ich gab ihm das Geld.

Und weiter? fragte er

Nichts weiter. Wenn du so weitermachst, wird es dir bald

besser gehen als mir, sagte ich. Aber bitte gib für deine Angelegenheiten deine Adresse an.

Ich wohne auf der Straße, im Park.

Das ist immer eine gute Adresse.

Das finde ich auch, mischte sich Giorgina in das Gespräch.

Ich sehe schon, ich komme nicht gegen euch an. Und mit meinen äußeren gefühlten karibischen Temperaturen liefere ich keine Argumente.

Ich sehe das als faire Aufgabenteilung, Gianluca. Dich hat es hierher verschlagen, warum auch immer. Vielleicht werden wir nicht schlau daraus, aber wenn wir klug sind und Glück haben, vielleicht weise.

Amen. Sehr intelligent, sagte Giorgina.

Was ist besser: Als Einwohner fremd zu Hause. Oder als Fremder stadtbekannt auf der Straße? Fragte Gianluca.

Das letzte ist besser.

Ich nahm die Teetassen und die Hühnerknochen vom Tisch, ging in die Küche und sah lange aus dem Fenster. Es begann zu schneien. Nach einer Weile hörte ich etwas Schweres zu Boden fallen. Ich schlich zurück und versteckte mich hinter der Tür.

Gianluca und Giorgina saßen auf dem Fußboden und betrachteten ein altes Fotoalbum

Ein netter, hübscher Junge war das ja mal, sagte Giorgina, früher, als er sich noch nicht in einer Wohnung verschanzte und seinen Ärger auf den Rücken anderer Leute abwälzte.

Dann bemerkten sie mich und sahen mich mit großen Augen an. Irgendetwas befremdete sie. Gianluca stand auf, setzte sich Giorgina auf die Schulter und rannte aus der Wohnung.

Warum wollt ihr schon gehen? rief ich ihnen hinterher.

Unten klappte die Haustür.

Ich ging ins Badezimmer und sah in den Spiegel. Das heißt, ich versuchte, mich im Spiegel zu sehen. Was mir entgegensah, war eine bläuliche Landschaft mit einem schwarzen Wald, durch den ein kleiner Junge lief mit einer Brottasche um den Hals. Er hielt die Brottasche an sein Ohr, als sei es ein kleines Kofferradio. Und ich hörte diesen Jungen singen: *Hänschen klein ging allein* ... Bei »in die weite Welt hinein« fing ich an zu heulen und beeilte mich, ins Bett zu kommen, um darüber nachzudenken, in welche Tinamarie aus welchem Schlager ich in diesem Alter hoffnungslos verliebt gewesen war.

Am nächsten Tag fehlte dieses Foto, das ich im Spiegel gesehen hatte, in meinem Fotoalbum.

15

Je länger wir aus Sizilien weg sind, desto kleiner wird der Kosmos, in dem wir uns bewegen, sagte Gianluca, als sie Mitte Februar im ehemaligen Café Krüger saßen und Tee tranken.

Das ehemalige Café Krüger gehörte jetzt einem freundlichen Türken, lag noch näher am Kuglerpark, und sie mussten nicht auf die laute Meile der Schönhauser Allee. Auch an Hundescheiße kann man sich gewöhnen, wenn man den richtigen Hüftschwung für den aufgezwungenen Slalomlauf hat.

Wieder Einsamkeit, Einsamkeit, sagte Gianluca leise. Ich kann das Wort nicht mehr hören. Keinsamkeit trifft auch nicht den Zustand, in dem sich diese Hundebesitzer befinden.

Drei Männer nahmen an ihrem Tisch Platz. Dem einseitig geführten Gespräch entnahmen sie, dass es sich um einen übernächtigten deutschen Bauleiter und zwei portugiesische Bauarbeiter handelte. Der Deutsche nuschelte undeutlich und schnell etwas von Abschreibung, Ausschreibung, Verlosung von Bauprojekten in seinen maschinell gestutzten Trimmerbart. Es stimmte alles an ihm. Pferdeschwanz, im linken Ohr ein Ohrring, Handtelefon auf dem Tisch und der Ton, in dem er die beiden Bauarbeiter abkanzelte. Die Portugiesen hörten zu, wie der Deutsche auf einmal sehr deutlich dozierte, als es um Geld ging. Sie blickten leer auf einen der vielen Hunde, die am Café vorbeidefilierten.

Woran werden die beiden denken, fragte sich Gianluca, an die wilden Hunde, die bei ihnen im Dorf herumstreunen, an das Geld, das sie ihren Frauen und Kindern nach Hause schicken, an den Himmel, der dort weiter und höher ist als über den Gerüsten, an die Angst, von der Polizei als Schwarzarbeiter erwischt zu werden?

Wo sind wir eigentlich angekommen? fragte Giorgina, als die drei ihren Kaffee ausgetrunken hatten und gegangen waren.

Warum sind wir überhaupt hier? Was haben wir hier zu suchen? Wir sind auf keiner Flucht, auf keiner Erholungsreise, wir sind im Niemandsland, an Niemandes Strand, am Garnichtmeer, und sehen mit Überdruss den Überfluss. Die Portugiesen haben wenigstens noch einen Grund, sagte Gianluca.

Möchtest du etwa mit unserem Freund tauschen, den ganzen Tag die Wohnung nicht verlassen und dich an Worten wie Schicksal und Leibhaftigkeit aus alten Büchern besaufen und dann noch meinen, du wirst am Ende weise davon?

Du weißt doch, ich bin lieber vogelfrei als wohnhaft, sagte Giorgina. Und ich schlage vor, wir trinken heute mal gemeinsam einen, um die kalten Gedanken zu verscheuchen.

Übermorgen soll es wieder schneien, sagte der Wirt, als sie bezahlten.

Sie gingen langsam in Richtung Kuglerpark. Ein Autofahrer auf der gegenüberliegenden Seite wechselte die Gummis seiner Scheibenwischer aus. Zwei Rentner gingen Hand in Hand am Café vorüber. Sie führten keinen Hund an der Leine. Eine Seltenheit.

Giorgina konnte Gianluca nicht davon überzeugen, die schlechte Laune mit ein paar Schnäpsen zu vertreiben.

Na dann eben nicht, piepste sie beleidigt und flog durch das Oberlicht des Greifhagener Ecks.

Mir wird dieser Vogel wohl immer ein Rätsel bleiben, dachte Gianluca.

Im Park stellte sich Gianluca vor die Statue des Steinbären. Eine schweigende Magie ging von diesem Tier aus. Hunde und Vögel mieden ihn. Deshalb blieb seine unmittelbare Umgebung verhältnismäßig sauber.

Er redet nicht, aber dass er nicht denkt, kann keiner beweisen, dachte Gianluca. Manchmal schien es ihm, als lächelte der Bär, manches andere Mal zeigte er ein grimmiges Gesicht, und wenn besonders schönes Wetter war, meinte Gianluca die Spitze seiner Zunge sich aus dem Maul herausschieben zu sehen.

Gianluca setzte sich auf seinen Rücken und ihm war, als strömte eine belebende Wärme durch seinen Körper. Einen Moment schien es ihm auch, als bewege der Bär sich um einige Zentimeter.

Kannst du mir vielleicht mal sagen, was wir hier verloren haben?

Der Bär zuckte mit der Schnauze.

Wie soll ich das übersetzen … Dass du es auch nicht weißt?

Der Bär nickte.

Nicht weiter nach dem Sinn fragen?

Der Bär nickte.

Irgendwie hast du Ähnlichkeit mit einem verblödeten Teddy aus dem verödeten Märchenland, der an Altersschwäche gestorben ist und den man, statt ihn von Motten fressen zu lassen, aus Mitleid versteinert hat.

Der Bär gab sich einen Hüftschwung, und Gianluca flog mit dem Kopf gegen den Baum.

Wenn ich nicht wäre, hätte man euch bestimmt schon verjagt, verdroschen, ausgeraubt und vielleicht sogar umgebracht, meinte er den Bären sagen zu hören.

Einbildung, sagte er sich, als er wieder aufstand, ist auch eine Art von Ausbildung. Es wird eher der fehlende Nachtschlaf gewesen sein, der ihm die Stimme eingegeben hat.

Sieh zu, dass du ihm nicht ähnlich wirst, Wurzeln schlägst und deine fixen Ideen zu Stein erstarren wie dieser Bär, sagte Giorgina, die gerade von ihrem Besuch in der Greifvogelkneipe zurückkehrte.

Sie setzte sich auf ihren Schlafbaum und schlief sofort ein. Der Bär, so sah es Gianluca, verdrehte die Augen, und ihm war, als singe der Bär das Lied von den besoffenen Germanen zu beiden Ufern des Rheins. Aber der Bär sang nicht. Er starrte weiter unbeweglich auf den Parkboden.

16

San Marco II hieß der Pizza- und Spaghettiladen, der seit kurzem auf der anderen Seite der Schönhauser Allee eröffnet hatte.

Gehen wir mal rein, vielleicht kriegen wir als Landsleute was umsonst.

Gianluca betrat, Giorgina auf dem Rücken, San Marco II vorsichtig. Drinnen war es fast gähnend leer, und weißer Gipsstuck rundlicher Form, einer Grotte ähnlich, hing von der Decke, ein gelbbeleuchtetes, ebenfalls leeres Aquarium stand herum. Nur in der Ecke saß ein blondgefärbtes Liebespaar und versuchte vergeblich, sich eine Kirsche in den Mund zu schieben. Die Kirsche landete regelmäßig auf dem Tisch.

Gianluca wählte einen Platz am Fenster und genoss die angenehme Wärme der Heizung. Zu deren Geräusch gesellte sich nach zehn Minuten das süßliche Geschlabber der Stimme Adriano Celentanos, Che será, che será?

Das frage ich mich auch, dachte Gianluca.

Weitere fünf Minuten gingen ins Land, plötzlich schoss ein fetter, schwitzender Kellner mit zwei überdimensionalen Speisekarten hinter dem Paravent hervor und eilte mit kleinen Schritten an Gianlucas Tisch.

Buon giorno, piepste Giorgina, und der Kellner drehte sich suchend um.

Un amigo, sagte Gianluca und zeigte auf Giorgina, die sich hinter seinem Rücken versteckt hatte.

Der Kellner wandte sich etwas verstört zurück und überließ Gianluca der Lektüre.

Entweder ist er ein Korse oder ein tauber Sarde. Oder ein verwunschener Kalabreser, flüsterte Giorgina.

Weder noch, sagte Gianluca, er sieht eher so aus, als käme er überhaupt nicht aus Italien. Spaghetti bolognese, tomati passati, aber bezahlen werde ich trotzdem mit unseren restlichen Lire.

Entschudigen Sie, Sind Sie Italiener.

Nein, ich kommen von Bucuresti, Romania.

Soso. Dann bringen Sie uns bitte zwei Cappuccino.

Das ist die Kaffee mit die Mütze von Sahne, nicht wahr?

Ja, dieser Kaffee hat ein Sahnehäubchen.

Wir haben heute erste Eröffnung und daher, ich weiß noch nicht genau …

Schon gut.

Der Kellner verschwand.

Giorgina, flieg doch mal in die Küche und sieh nach, ob unsere Nudeln auch al dente gekocht und die Tomaten wirklich passiert sind und nicht aus der Metallbüchse geholt werden.

Giorgina flog und kehrte nach einer Minute mit hochrotem Kehlchen an den Tisch zurück.

Chappi und Kitekat. Chappi und Kitekat, das ist der Gipfel.

Was ist das? fragte Gianluca.

Hundefraß und Katzennahrung. Die sind gerade dabei, diese Tiernahrung in unsere Pasta zu werfen.

Trink deinen Cappuccino aus, und wir verschwinden, zahllos.

Gianluca drehte sich nach allen Seiten und eruierte die Lage. Dann setzte er Giorgina unter seinen Hut, rannte über den Fluchtweg durch die Küche auf die Straße, die Treppen zur U-Bahn hinauf.

Zechprellerei nennt man so was, sagte Giorgina unter dem Hut. Könntest du mich bitte aus der Umnachtung deines Kopfes befreien.

Sie stiegen in die nächste U-Bahn ein. Ein unrasierter Mann in einem abgetragenen Trenchcoat näherte sich ihnen.

Wir haben kein Geld, sagte Gianluca.

Ich will auch kein Geld, ich hätte gern Ihren Fahrausweis gesehen.

Treten Sie näher.

Ihren Fahrausweis, der Mann holte ein in Plaste eingeschweißtes Dokument aus der Manteltasche und hielt es Gianluca vor die Augen. Gianluca sah an dem Mann herunter. An seinen Schuhen klebten die Reste von Hundekot.

Sie haben Kacke an den Schuhen ... Was ist schlimmer: An den Schuhen Hundescheiße oder keine Fahrausweise, sagte Gianluca laut.

Der Kontrolleur konnte darüber nicht lachen, aber die anderen Fahrgäste taten es. Die kurze Verwirrung reichte aus, um Gianluca die erneute Flucht zu ermöglichen. Noch bevor der Kontrolleur seine Artgenossen zu Hilfe rufen konnte, war Gianluca in der Menschenmenge auf dem U-Bahnhof Eberswalder Straße verschwunden.

17

In der Schönhauser Allee schlossen viele Läden wegen Geschäftsaufgabe oder weil Planierraupen ihnen die Fensterscheiben eingeschlagen hatten. Auch die tapferen vietnamesischen Zigarettenverkäufer trauten sich nur in Dämmerstunden auf die Hauptstraße.

An einem fröhlich scheinenden Wintervormittag entdeckte Gianluca in der Robinsonstraße eine kleine flatternde Fahne vor einem Laden. Grün, weiß und …

Kannst du erkennen, was das für eine Fahne ist, Giorgina?

Ich bin kurzsichtig.

Und ich bin farbenblind. Sieht aus wie die italienische Fahne, ist es aber nicht.

Farbenblind und kurzsichtig. So entdecken wir die Welt, sagte Giorgina.

Vielleicht ist es ein befreundetes Land, und wir sollten einfach reingehen und fragen.

Aus dem Laden stürzte ein whiskygeladenes Individuum auf die Straße und fiel auf der anderen Seite in den Rinnstein.

Das muss ein sehr interessanter Laden sein, sagte Giorgina, wenn sein Besuch dermaßen krasse Folgen hat. Das hat vielleicht mit Irland zu tun.

Beim Eintreten erklang eine Glocke, die nicht besonders irisch klang.

Auch die kleine Verkäuferin hinter dem Tresen sah nicht sehr irisch aus. Sie ähnelte eher einer Dame, die aus einem literarischen Salon des ausgehenden 19. Jahrhunderts ausgebrochen war. Nur dass sie statt des Lorgnons eine viel zu kleine Brille trug. Ebenso wenig wie sie vor die Batterie erlesener irischer Whiskyflaschen passte, konnte Gianluca sich vorstellen, dass sie dazu ausersehen war, schwere irische

Tweedjacken unter die Leute zu bringen. Die blaubunten Nachthemden mit Zipfelmütze und die silbernen Volkskunstohrringe passten eher zu ihr. Und vor allem der großäugige Hund, der Gianluca gleich nach Betreten des Ladens angesprungen hatte. Der erste Hund in dieser Stadt, der ein offenes Gesicht hatte.

Lghlin, toole, McCarthy, sagte die Verkäuferin mit einer leisen hohen Stimme.

Was hat sie gesagt? fragte Giorgina. Ob wir einen mit ihr trinken wollen?

Das hättest du wohl gern, was. Nein, sie hat einfach nur einen Guten Tag gewünscht.

Llwwdriddlihgin, sagte die Verkäuferin und sah Gianluca hoffnungsvoll an.

Was hat sie jetzt gefragt? fragte Giorgina.

Ob wir die Nachthemdenkollektion mit Zipfelmützen sehen wollen. Sie hätte sie gerade angeliefert bekommen. Der Hund fände sie auch gut.

Giorgina verdrehte die Augen.

Dafür braucht sie nur ein Wort.

Nur ein Wort, sagte die Verkäuferin auf Deutsch und rückte gewichtig ihre kleine Brille gerade. Wir brauchen in Irland nicht so viele Wörter, um zu sagen, was wir wollen.

Dafür brauchen wir in Italien um so mehr und sind genauso stockkatholisch wie ihr, erwiderte Gianluca.

Giorgina warf dem Hund interessierte Blicke zu.

Er sieht aus wie eine kleine Kuh und hat Augen wie ein Reh. Ist das eine Mischung aus Wald- und Feldtier, oder kommt das Vieh aus der Retorte?

Der Hund knurrte das erste Mal böse.

Was hat er gesagt, wollte nun Gianluca wissen.

Dass er eine Dame ist, Daisie heißt, einer ausgezeichneten Hunderasse namens Jack Russell entstammt und zum Jagen bestimmt ist, sagte Giorgina.

Ich scheine sprachbegnadete Kunden zu haben, sagte die Verkäuferin und streichelte ihre Herrennachthemden. Ich heiße Kathleen und bin auch Twymblimprpffd.

Was heißt das? fragte Gianluca.

Wo wir sind, klappt nichts mehr, leider können wir nicht überall sein.

Wenn man alle seine Beleidigungen so kurz fasst, haben sie keinen Wert mehr, sagte Gianluca.

In der Kürze liegt mehr Gewicht. Ihr da unten macht viel zu viel Lärm um euren Anarchismus, sagte Kathleen O'Houlighan.

Giorgina und die Hündin Daisie warfen sich vielsagende Blicke zu. Die Blicke sollten sagen: Wann machen sich diese Anarchiesprachspezialisten vom Acker, damit wir in Ruhe einen saufen können?

Ich schlage vor, wir erörtern dieses Thema in aller Ruhe, sagte Gianluca. Anarchismus, Vokalmangel in Irland und Vokalüberfluss in Italien sind Themen, für die wir uns Zeit nehmen sollten.

Die beiden gingen in den hinteren Teil des Ladens und fingen an zu debattieren.

Ist diese Töle zum Aufpassen hier, dachte Giorgina, oder kann ich in Ruhe den Whisky ausprobieren, der so einladend von den Regalen her leuchtet?

Sie ließ den Triller los und bekam nur ein freudiges Schwanzwedeln zur Antwort.

Jameson las Giorgina und begann, den Verschluss der ersten Flasche aufzudrehen. Dabei kann es sich nur um einen Verwandten handeln. James Sohn, also der Neffe des Evangelisten Lukas, dessen Freund wiederum der Evangelist Johannes ist. Das Zeug muss also auf das Wohl eines entfernten Verwandten von Gianluca getrunken werden.

Die Hündin Daisie bellte etwas, das so viel hieß wie: Wirf die Pulle runter und treibe keine Ahnenforschung. Giorgina gab der Flasche einen Schubs, Daisie fing sie auf und entleerte sie in ihrem Fressnapf neben dem Ofen.

Die Konsonantenhäufigkeit in den gälisch-keltischen Sprachen ist klimabedingt. Im Norden herrscht kältere Luft, und Vokale werden beim Mundöffnen gebildet. Die Gefahr der Gaumen- und Rachenerfrierungen ist also groß, vor allem im Winter. Deshalb haben Konsonanten im Norden den Vorrang, sagte Kathleen.

Demnach könnte man am Äquator ganz ohne Konsonanten auskommen, und das Leben dort wäre ein einziges Belcanto, sagte Gianluca.

Nicht ganz schlüssig, aber interessant. Ein Nord-Süd-Gefälle in der Benutzung der Vokale und Konsonanten. Wenn das der Grund für Maulfaulheit ist, wird mir alles klar. Deshalb kann im Norden auch effizienter gearbeitet werden. Es wird einfach nicht so viel gequatscht. Kathleen nickte mit dem Kopf.

Im Laden arbeiteten die beiden neuen Saufschwestern bereits an der zweiten Whiskyflasche. *Kilbegann* hieß die Marke und wurde von Daisie mit *Zu Kitzeln beginnen* übersetzt.

Giorgina flog auf das Flaschenregal.

Tullamore Dew, sagte Daisie.

Die Tierbesitzer im hinteren Teil des Ladens begnügten sich mit Tee und Keksen. Sie waren inzwischen beim Thema »Der Zusammenhang zwischen der Konsonatenhäufigkeit im Italienischen und Gälischen und den in den Mutterländern stattgefundenen demokratischen Revolutionen« angekommen. Sie stellten fest, dass Irland immer noch nicht ganz engländerfrei war und Italien nach wie vor von korrupten Staatsdienern regiert wurde. Es konnte also keinen direkten Zusammenhang geben. Deshalb waren beide in trockenes Schweigen verfallen, in dessen Folge Kathleen plötzlich in einen Weinkrampf ausbrach.

Ich heiße gar nicht Kathleen O'Houlighan und bin nicht aus Irland.

Das war mir klar, sagte Gianluca. Kathleen O'Houlighan ist schon lange sehr heilig und sehr tot.

Ich heiße Katrin Schulz und komme aus Niederwürschnitz im Erzgebirge. Ich war Lehrerin für Staatsbürgerkunde und Russisch in Plauen/Vogtland. Es ist ein Jammer.

Und weil es das alles nicht mehr gibt, haben Sie einen irischen Spezialitätenladen gegründet, einen irischen Hund gekauft und sich so eine neue Identität geschaffen. Das ist doch sehr ehrenwert, sagte Gianluca, deshalb müssen Sie doch nicht weinen. Andere wünschen sich ein Leben lang eine andere Identität und schaffen es nicht mal, mit sich selbst identisch zu sein.

Krchwrrdlbimpfd, weinte Kathleen-Katrin und warf ein Teeglas an die Wand.

Das habe ich nicht ganz verstanden, sagte Gianluca.

Der Anteil der Arbeitslosigkeit an der Veraffung des Menschen. Kathleen-Katrin nahm ein Papiertaschentuch und trocknete sich die Tränen ab. Der ganze Friedrich Engels, nur umgekehrt. Wir haben gelernt, wie es kam, dass die Arbeit des Greifens dem Affen die Arme und Hände freimacht, dann das Gehirn, weil er sich überlegen musste, was er mit diesen Gliedmaßen noch anfangen könnte. So hat der Affenmensch zu denken angefangen. Und jetzt ist dieser Prozess rückläufig. Die Hände sind frei. Wofür?

Um sich einen reinzukippen, kam es aus dem Laden zweistimmig, Sopran und Alt.

Ich finde das nicht zum Lachen, Giorgina, rief Gianluca. Die beiden sind offensichtlich dabei, Ihre Vorräte auszusaufen, Frau Schulz-Houlighan.

Lassen Sie sie doch. Sollen wenigstens die beiden was davon haben. So eine Harmonie zwischen Hund und Vogel ist doch was Einzigartiges. Und ich kann nach der Offenbarung meiner Lebenslüge darüber lachen.

Es ist keine Lüge, sagte Gianluca, es ist vielleicht, um Ihrer Theorie die Ehre zu geben, der Versuch, der allgemeinen Veraffung des Menschen zu entgehen.

Katrin Holy Schulze, wie sie sich jetzt nannte, ging in den Laden zurück, nahm eine Flasche Irish Mist aus dem Regal und sagte: Auf diese Erkenntnis sollten wir ebenfalls einen nehmen. Das ist irischer Nebel, der sollte uns die nackten Tatsachen angenehmer erscheinen lassen.

Als bei Ladenschluss die Sonne hinter den Bornholmer Kleingärten unterging, verließen alle vier mehr oder weniger entrückt das Geschäft. Die Ladenglocke bimmelte die ersten Takte des vogtländischen Volksliedes vom Vogelbeerbaum.

18

Ende Februar klingelte bei mir nachts gegen vier das Telefon. Ein selten gewordenes Geräusch. Wenn das Telefon schon einmal im Monat klingelt, warum muss es dann gerade mitten in der Nacht sein, dachte ich und wollte weiterschlafen.

Vielleicht gehst du mal an den Apparat, sagte meine Gefährtin und drehte sich demonstrativ zur Seite. Wenn es der Louvre oder der Prado ist, sag ihnen, ich werde morgen zurückrufen.

Es waren weder der Prado noch der Louvre.

Hier ist das Krankenhaus Prenzlauer Berg. Notaufnahme. Spreche ich mit Herrn Brasch?

Am Apparat, sagte ich.

Wir haben hier einen ohnmächtigen Patienten, wahrscheinlich einen Mann aus Spanien. Wir konnten ihn bis jetzt nicht identifizieren. Sein Pass ist unleserlich. Aber in der Tasche hatte er Briefe, die an Sie adressiert waren.

Können Sie nicht wenigstens seinen Namen entziffern? fragte ich.

Einen Moment, bitte.

Ich wartete. Ich war sicher, dass es Gianluca war, wollte es denen aber nicht so leicht machen.

Irgendwas mit Gi und Lu und Anna und Al kann ich erkennen. Er soll Kardinal sein. Kennen Sie den Mann?

Wie sieht er denn aus?

Er hat schwarze Locken, braune Augen, einen roten Hut, eine Seidenhose und eine Trainingsjacke vom Armeesportklub Vorwärts Berlin.

Ist er verletzt? Hat man ihn überfallen?

Äußere Verletzungen hat er keine. Und Anzeichen für ein Alkoholkoma liegen ebenfalls nicht vor. Fieber hat er auch nicht. Er ist einfach nur ohnmächtig. Kennen Sie ihn nun, oder wissen Sie, ob er Verwandte oder andere Bekannte hat?

Sind irgendwelche Vögel bei ihm in der Nähe gesehen worden?

Die Krankenschwester am anderen Ende der Leitung kreischte plötzlich laut in den Apparat: Sagen Sie mal, wir sind hier nicht bei Hitchcock. Kennen Sie den Mann nun, oder kennen Sie ihn nicht?

Ich kenne ihn nicht, wollte ich sagen und wieder ins Bett gehen, denn ich wusste, was jetzt auf mich zukam. Sie würden mich auf die Straße locken. Dort, so hatte ich mir fest vorgenommen, zeige ich mich erst wieder, wenn ich hier völlig fremd oder vergessen bin. Außer dem Tankwart und meiner Gefährtin, die ständig zwischen Halbschlaf und Halbwachsein in allen Galerien und Museen der Welt herumwandelte, hatte mich im letzten Jahr niemand gesehen.

Kennen Sie ihn nun, oder kennen Sie ihn nicht?

Ich kenne ihn, aber ich bin selbst sehr krank und kann ihn nicht besuchen.

Was sollen wir dann mit ihm machen? Er hat keine

Krankenversicherung, und wenn er wieder wach geworden ist, müssen wir ihn wegschicken.

Ich dachte nach.

Bringen Sie ihn, in Gottes Namen, zu mir, wenn er wach ist ... oder nein, bringen Sie ihn gleich her. Er muss nicht unbedingt mitkriegen, dass er im Krankenhaus war.

Einen Moment bitte, sagte die Schwester, ich muss erst den Notarzt fragen.

Es war still im Hörer.

Ich überlegte, wo ich ihn unterbringen konnte und fragte mich gleichzeitig, wo sein Rotkehlchen abgeblieben war. Aber diese Last wollte ich mir nicht auch noch aufbürden, denn ich musste nicht lange rätseln, um zu wissen, dass sie auf Sauftour war.

Doktor Meier am Apparat. Sie sind also bereit, den Unbekannten bei sich aufzunehmen. Ich würde ihn nicht wegschicken, wenn ich nicht wüsste, dass er völlig gesund ist und keiner ärztlichen Hilfe bedarf.

Schon gut, schicken Sie ihn endlich her.

Eins ist merkwürdig, er hat ein Muttermal am Hals, das beständig größer und kleiner wird. Dieses Phänomen kann ich mir nicht erklären. Wenn Sie vielleicht diesen Vorgang beobachten und mich morgen über den weiteren Verlauf unterrichten könnten? Ich bin nur eingesprungen, denn eigentlich bin ich hauptsächlich Hautarzt, und Sie können mir glauben, wenn ich die Vollmacht hätte, würde ich ihn hierbehalten. Schon allein wegen dieses Phänomens.

Es ist mir völlig egal, ob sie hautsächlich Hauptarzt oder ein gesprungener Chefarzt sind, rufen Sie jetzt ein Taxi, setzen Sie ihn rein und schicken Sie ihn her.

Ich knallte den Hörer auf und ging in den Keller. Zwischen leeren Weinflaschen und spinnverwebten Zeitungen aus grauer Vorzeit, die ich vor zehn Jahren zum VEB Altstoffhandel bringen wollte, zog ich ein fast unversehrtes

Campingbett hervor und trug es in die Wohnung. Dann öffnete ich das Fenster und sah die Straße hinunter. Bevor das Taxi kam, flog Giorgina auf mein Fensterbrett. Sie war wider Erwarten völlig nüchtern.

Hast du meinen Freund gesehen? fragte sie außer Atem.

Man hat ihn ohnmächtig aufgefunden. Er war im Krankenhaus und wird gleich hierher gebracht.

Ich kann diesen Knaben nie aus den Augen lassen. Entweder er unterhält sich mit Denkmalen und Steinbären, oder er wird besinnungslos.

Er soll ein lebendiges Muttermal haben.

Ob Muttermal oder Denkmal, der Kerl hat nicht mehr alle beieinander.

Sie sah mich erwartungsvoll von der Seite an, als würde ich ihre Meinung teilen müssen.

Ich weiß nicht, wer hier nicht alle beieinander hat, aber normal scheint keiner von euch beiden zu sein.

Dito, sagte Giorgina.

Das Taxi kam die leere Straße hinauf und hielt. Der Fahrer stieg aus und ging auf die Haustür zu, um diese Zeit ein seltener Anblick in dieser Straße. Es klingelte.

Fracht für Monsieur Brasseur, sagte der Taxifahrer.

Ich komme runter.

Mit jeder Stufe, die ich die Treppe hinunterging, wurde die Verantwortung auf meinen Schultern größer. Wie groß würde sie erst sein, wenn ich den Herrn Cardinale die Treppen hochtragen müsste? Doch als ich die Haustür öffnete, stand er bereits wieder. Er lehnte mit geschlossenen Augen an der Schulter des kleinen, schwarzen, französisch sprechenden Taxifahrers, der mich angrinste, als wüsste er, was er mir mit der Übergabe dieser Fracht bescheren würde.

Er perlt die ganze Zeit von einer conspiration in Italie und von die Mafia. Ich wünsche Ihnen viel Plaisir mit diese Geschöpf und bekomme zwölf Mark vierzig.

Ich gab dem Taxifahrer das Geld und hielt die Tür auf. Gianluca konnte alleine laufen. Eher wie der müde Tod aus dem berühmten Film, mit geschlossenen Augen und vorgestreckten Armen, aber wenigstens musste ich ihn nicht tragen. Ich legte ihn auf das Campingbett in der Küche. Er ließ die vorgestreckten Arme fallen und schlug die Augen auf. Giorgina flatterte aufgeregt um ihn herum.

Mamma mia, was machst du denn für Sachen! Du kannst doch deine beste Freundin nicht einfach so im Stich lassen.

Er sagte nichts. Er starrte an die Decke, als würde er dort jemanden sehen.

Ich öffnete seinen Hemdkragen und suchte das Muttermal. Ich fand es, und auf den ersten Blick sah es aus wie ein ganz normales Muttermal: rundlich, braunrötlich, und da es in der Nähe der Halsschlagader lag, pulsierte das Blut darunter etwas stärker.

Bei näherer Betrachtung und etwas mehr Fantasie konnte ich ein Gesicht darin erkennen, aber das war noch lange kein Grund, daraus ein Phänomen zu machen.

Gianluca, unser allerbester Freund, kannst du uns beiden mal erzählen, wie du in Ohnmacht fallen konntest?

Ich war heute in einem Zeitungsladen auf der anderen Seite. Ich wollte eine italienische Zeitung kaufen, nur weil ich mal wissen wollte, was es bei uns zu Hause Neues gibt. Hier, in Kalles Schnapsladen führen sie keine italienischen Zeitungen. Und drüben gibt es einen Laden, der welche hat. Und nicht nur das. Die Verkäuferin war früher Ruderweltmeisterin im Vierer mit Steuerfrau, und ihr Mann trug eine Jägeruniform, und daran hing eine Medaille *Für besondere Verdienste in der Forstwirtschaft*.

Die hast du im Zeitungsladen auf der anderen Seite getroffen? fragte ich.

Und sie hatten nicht nur italienische Zeitungen, sie hatten auch sizilianische, und sie hatten nicht nur sizilianische, sondern sie hatten auch den *Corriere della Sera di Checosabello* vom letzten Jahr. Aber bevor sie den gefunden hatten, haben wir zusammen Rehrücken mit Preiselbeeren und Thüringer Klößen gegessen.

Das wird es sein, schrie Giorgina, sie haben meinem lieben Gianluca Haschmich ins Essen gemischt, und da er solche Drogen nicht verträgt, ist er einfach ohnmächtig geworden.

Es heißt nicht Haschmich, sondern Haschisch, und außerdem würden diese netten Leute so etwas nie tun, und erst recht nicht, wenn sie solch einen berühmten Gast wie mich in ihrem Laden haben.

Du bist berühmt? warf ich spöttisch ein.

Ja. Zu Hause bin ich jetzt berühmt. Die freundliche Zeitungsverkäuferin holte nach dem Essen diese Zeitungen aus dem Keller. Sie hatte sie aufgehoben, weil sie etwas Besonderes sind. Gianluca zog zwei vergilbte Zeitungen aus der Tasche. Lies sie in Ruhe, dann weißt du, was für einen berühmten Gast du unter deinem Dach beherbergst!

Er drehte sich zur Seite und schlief sofort ein.

Giorgina flatterte die Zeitungen auf dem Boden auseinander und las laut vor. In der ersten stand: Friedhofsglöckner Cardinale immer noch vermisst. Offenes Grab Annetta Conspiranza Machiavellis entdeckt. Polizei vermutet Entführung des Leichnams. Checosabello: Nach dem Verschwinden des Friedhofsangestellten Gianluca Cardinale entdeckten die Carabinieri heute das offene Grab der Bellissima commendatora Annetta Conspiranza Machiavelli. Der Grabstein der Commendatora war in Stücke gehauen und damit unkenntlich gemacht. Nur an den Brillen, die sich neben der Grabstelle fanden, konnten die Anverwandten die Verblichene identifizieren. Bisher sind keine Lösegeldforderungen des verschwundenen Cardinale gestellt worden.

Ich glaubte nicht, dass er diese Zeitungen auf der anderen Seite kaufen konnte. Da erlaubt sich jemand einen schlechten Spaß mit uns, hörte ich mich sagen.

Die Conspiranza habe ich aber noch in Erinnerung, sagte Giorgina. Sie hat uns sonntags auf dem Weg in die Kirche Brotreste auf den Platz geworfen ... Lies weiter, sagte Giorgina.

Das Wunder von Checosabello! Nach der Erscheinung von Annettas Geist! Kartoffelwucherungen auf dem Friedhof!

Dazu ein Foto des Friedhofs, der mit Vergissmeinnicht, Stiefmütterchen und Sonnenblumen zugedeckt war. Der Sonderkorrespondent berichtete: Nachdem im Sommer so exotische Pflanzen (siehe Foto) auf dem Friedhof wachsen, hat die offensichtlich doch nicht entführte Geisterbraut Annetta Conspiranza Spirituali, wie sie jetzt genannt wird, erneut zugeschlagen. Die Blumen werden seit Anfang September durch Kartoffelpflanzen ersetzt. Geisteserscheinung, EG-Beschluss, oder steht uns eine deutsche Invasion bevor. Bürgermeister ratlos. Was soll aus unseren Nudeln werden? Wo ist Gianluca Cardinale? Zeige dich, Annetta. Madrone der Kartoffelmafia.

Ich glaube davon kein Wort, sagte ich.

Es ist alles wahr, sagte Gianluca im Traum. Sie vermisst mich und ruft mich nach Hause.

Du spinnst, du hast nur einen Vogel, und das bin ich, schrie Giorgina.

Ich sah mir das Muttermal an seinem Hals an. Es hatte sich tatsächlich etwas vergrößert, und bei einiger Vorstellungskraft war es der in der Zeitung abgebildeten Conspiranza nicht ganz unähnlich. Etwas ausgefranst an der oberen Rundung: die Haare. Und zwei winzige blaue Punkte im oberen Drittel, die man als Augen sehen konnte ...

19

Als ich am nächsten Morgen in die Küche ging, war er verschwunden. Das Campingbett stand akkurat zusammengeklappt neben dem Kühlschrank. Im Mülleimer fand ich einen Haufen blutiger Mullbinden und Pflasterstreifen. Ich fragte mich, was in der Nacht passiert war. Zur Behandlung von geheimnisvollen Muttermalen taugten diese Sachen nicht. Eher von schweren Verletzungen am Kopf.

Ich erinnerte mich an den eigenartigen Anruf des beim Notdienst eingesprungenen Hautchefarztes und rief im Krankenhaus Prenzlauer Berg an. Dort teilte man mir nur mit, dass es keinen Hautarzt als Notarzt gäbe, zur Not vielleicht noch einen Chirurgen, und dass außer einem italienischen Obdachlosen mit Schlagverletzungen, der im Park gefunden wurde, nur die üblichen Säufer und Ehekriegsopfer eingeliefert worden waren. Den Italiener hatte man auf eigenen Wunsch gleich nach der Behandlung wieder entlassen. Auf eine Anzeige gegen Unbekannt habe er verzichtet. Man habe seine Pflicht getan, eine Weiterbehandlung sei nur bei Nachweis einer Krankenversicherung möglich.

Ich wollte mir zum ersten Mal Sorgen machen und auf der Straße nach ihm suchen. Mein Trotz war trotzdem stärker: Warum sollte ich mein Gelübde brechen, die Wohnung verlassen wegen jemandem, den ich eigentlich nicht kannte. Um mich machte sich auch niemand Sorgen und sah nach, wie es mir in meiner häuslichen Einöde erging.

Ich hatte mir diese Existenzform gewählt, wie der Herr Gianluca die seine. Jeder musste damit zurechtkommen, ob er sich dabei den Kopf von besoffenen Fremdenhassern einschlagen ließ oder ich mir zu Hause den Kopf mit abstrusen Träumen über lebendig gewordene Muttermale und auferstandene Kartoffelprinzessinnen schwer machte.

Wobei immer noch die große Frage war, wer die Träume träumte und woher sie kamen.

20

Im März waren die Wunden verheilt und Gianluca konnte schmerzlos seinen roten Hut wieder auf den Kopf setzen. Den Aufenthaltsort hatte er trotz vieler Warnungen seiner vielen neuen Bekannten nicht gewechselt. Außerdem brachte die Frühlingssonne die ersten wärmenden Strahlen. Giorgina hatte sich als Frühwarnsystem auf dem Baum bestens bewährt und seit dem Überfall der Glatzköpfe ihre Besuche im Greifhagener Versteck auf ein Minimum reduziert. Warum sollte er klein beigeben und seinen Schlafplatz aufgeben? Bis auf ein paar Schmerzen im Rücken gab es keinen Grund. Deshalb beschloss Gianluca, eine Physioanalytikerin aufzusuchen. Er konnte das jetzt beruhigt tun, denn seit seinem letzten Besuch fehlte in meiner Brieftasche die Chipkarte der Verallgemeinerten Stadtkrankenkasse.

21

Vierte bis fünfte Rippe links und dritte bis vierte Bankleiste fehlen, diagnostizierte Frau Professor Doktor Doktor rer. nat. Brause, als Gianluca das Behandlungszimmer betrat. Ein herausstehender Nagel und eine Verwerfung der zweiten Latte um zehn Grad haben auch einen gewissen Einfluss.

Ich verstehe kein Wort. Welche Latte ist um zehn Grad verworfen, und welcher Nagel erdreistete sich, so einfach herauszustehen?, fragte Gianluca.

Ich rede von der Parkbank, auf der Sie geruhen zu ruhen und zu schlafen. Aber jetzt gehen Sie sich erst mal die

Schuhe ausziehen und die Füße waschen. So wie Sie stinken, behandele ich Sie nicht.

Gianluca wurde rot, dann weiß, wieder rot und verließ das Behandlungszimmer. In der Toilette löste er die dreckverkrusteten Schnürsenkel seiner Schuhe. Es klebten alle vorstellbaren Straßen- und Parkrudimente daran. Die mehrfach erwähnte Hundekacke neben verblichenen Blättern verschiedensten Ursprungs, kaputten Kronenverschlüssen von Bierflaschen, Zigarettenstummeln unter der Sohle und ein ungebrauchtes Präservativ, das wohl ein lustlos gewordener Freier vor der Parktoilette fallengelassen hatte. Nachdem Gianluca seine Schuhe gereinigt hatte, wusch er seine Füße. Sie waren so verdreckt, dass sie nicht mal mehr rochen. Er reinigte seine Füße ausgiebig mit der Toilettenbürste.

Kommen Sie nun, oder kommen Sie nicht? rief Frau Brause aus dem Behandlungszimmer.

Gianluca versenkte die Socken im Toilettenbecken, spülte, sprayte sich noch einmal die Füße ein und verließ das Klo.

Na sehen Sie, es geht doch, sagte Frau Brause und führte ihn in ein dunkles Zimmer. In der Mitte lag eine Gummimatratze. Gianluca legte sich sofort darauf, schloss die Augen und wartete.

Erst mal stehen wir ein bisschen auf, sagte Frau Brause.

Wer ist wir?

Sie, Herr Cardinale.

Aber ich bin doch allein, sagte Gianluca.

Der Mensch ist nie allein.

Sie vielleicht nicht. Sie haben ständig Patienten.

Lenken Sie nicht ab. Sie sind hergekommen, um gesund zu werden. Und das werden wir mit Hilfe der Felgenkreiserschen Gymnastik auch bewerkstelligen.

Ich bin kein Automobil und lass meine Felgen kreisen, Frau Brause, auch kein Fahrrad, dem eine Acht aus dem Rad gebogen werden muss.

Seien Sie doch mal still, Herr Cardinale. Sonst wird das alles nichts. Schließen Sie die Augen wieder, und folgen Sie meinen Anweisungen.

Gianluca kniff die Augen zusammen und stellte sich vor, er stünde am Golf von Neapel und die Sonne versänke im Mittelmeer.

Wunderbar, sagte Frau Brause, und jetzt wippen Sie vorsichtig mit den Fußballen auf und nieder und stellen sich den Raum unter Ihren Füßen vor.

Was soll denn da außer Leere sein? fragte Gianluca.

Ich habe gesagt, Sie sollen still sein … Jetzt legen Sie sich langsam auf die Matte und halten die Augen geschlossen.

Gianluca legte sich langsam im Stile eines japanischen Schattenboxers auf die Matte. Er stellte sich vor, dass er den toten Mann mitten in der Adria markierte. Fast wäre er eingeschlafen.

Und jetzt sehen Sie sich den Raum unter Ihren Kniekehlen an.

Gianluca wollte aufstehen und nachsehen.

Liegenbleiben, sagte Frau Brause etwas lauter. Sie sollen sich den Raum unter Ihren Kniekehlen nur im Geist vorstellen. Sozusagen mit dem inneren Auge.

Gianluca wollte etwas antworten, behielt es jedoch lieber für sich. Dafür stellte er sich den Raum unter seinen Kniekehlen bildlich vor und merkte, dass dort eigentlich nur Platz für eine verstorbene Stubenfliege sein könne.

Und jetzt hören Sie gut zu, Herr Cardinale. Alle Bewegungen, die ich Ihnen nun vorschlage, versuchen Sie nachzumachen. Sie können Sie ausführen, Sie müssen nicht. Haben Sie verstanden? Sie können, aber Sie müssen nicht … Heben Sie also das linke Bein an, beugen Sie es langsam und drehen es auf die rechte Seite.

Es knackte ein paar Mal gefährlich in Gianlucas Rippen. Er legte das Bein zurück an seinen Platz und schwieg.

Bewegen Sie das Bein nur so weit, wie Sie können. Nicht wie Sie meinen zu müssen. Tun Sie das langsam, bedächtig und nur so hoch und weit es möglich ist. Die Zeiten von *Schneller – höher – weiter* sind für immer vorbei.

Während Frau Doktor Brause weitere felgenkreiserische Anweisungen gab, die Gianluca nur so weit ausführte, wie es ihm möglich war, dachte er über die Losung nach. Ein Sizilianer konnte sie auf keinen Fall erfunden haben. Insofern kamen ihm die Übungen der Frau Doktor sehr entgegen. Das Ganze schien eine Art Philosophie zu beinhalten. Das zu tun, was man kann, und nicht, was man muss, nur so weit, so hoch, so schnell es möglich ist. Sehr schön. Das Wort nötig war gestrichen. Das Wort nötig kam von Not, und sich in Not zu begeben, war nicht vonnöten, wenn man nicht musste. Und man musste nicht, denn das Wort müssen war ebenso gestrichen. Und das Wort man ersetze ich auch durch ich, wie die Frau Doktor das Wort wir auch durch ich ersetzen sollte.

So vergingen etwa dreißig Minuten, in denen Gianluca die vorgeschlagenen Übungen der Frau Doktor Brause akribisch ausführte. Mit sichtlichem Erfolg. Am Ende konnte er sich sogar den Raum unter seinem vierten Rückenwirbel vorstellen, und er bildete sich ein, dass ein ganzer Güterzug darunter durchfahren könne. Den Seinen gibt es der Herr im Halbschlaf. Als er nach einer halben Stunde merklich gelöst und erholt aufstand, konnte sich auch Frau Doktor ein kleines Lächeln abringen. Na sehen Sie, Herr Cardinale, Sie wollten, also konnten Sie, obwohl Sie nicht mussten. Denn wenn Sie gemusst hätten, hätten Sie nicht gewollt und am Ende deshalb nicht gekonnt.

Gianluca grinste über das ganze Gesicht. Ich muss mir das alles noch mal durch den Kopf gehen lassen, sagte er.

Das sollen Sie auch.

Frau Doktor Brause verschwand für einen Moment in

ihrem Büro, und Gianluca starrte auf die wunderträchtige Gummimatte, die bewirkt hatte, dass er jetzt wieder wie ein Ausrufezeichen stand. Frau Doktor Brause kam mit einer frischen Holzleiste, einem Hammer und Nägeln wieder und sagte: Und damit reparieren Sie Ihre Parkbank, Herr Cardinale. Und wenn Sie sich wieder einmal über Ihre Knochen beschweren wollen, dann schauen Sie ruhig bei mir rein.

22

Bruder Thran und Schwester Minh standen vor dem S-Bahnhof und warteten auf Ware. Ein Auto hielt, aber darin saßen nicht die erwarteten Lieferanten, sondern schwerbewaffnete Zollbeamte, die erstaunlich schnell aus dem Auto sprangen.

Gianluca unterhielt sich gerade mit einem Zeitungsverkäufer über die letzten Neuigkeiten im Entführungsfall eines millionenschweren Zigarettenherstellers.

Wenn sie die Leute, die hier Vietnamesen beim friedlichen Verkauf ihrer Zigaretten stören, bei der Suche nach den Entführern des Zigarettenmollionärs einsetzen würden, sähe einiges anders aus, sagte der Verkäufer.

Sie könnten auch Kippen aufsammeln, sagte Gianluca, streckte ein Bein aus, und der erste, eifrigste Zollbeamte flog gegen die Straßenabsperrung. Das gab dem Geschwisterpaar einen Vorsprung, den die Beamten nicht mehr einholen konnten.

Wer war das? brüllte der Beamte.

Gianluca sah in seine Zeitung und tat so, als höre er nicht.

Ich frage noch einmal. Wer war das?

Aus dem ungepanzerten Teil des Gesichts troff Sabber auf den Mundschutz. Die anderen Beamten umringten den Zeitungshändler und Gianluca, als handele es sich um ein besetztes Haus. Die vietnamesischen Geschwister waren auf Spätwiedersehen entschwunden.

Ich muss Sie wegen Behinderung einer Amtshandlung festnehmen, sagte die Panzeruniform. Ihren Personalausweis.

Sie sind über Ihren eigenen Gummikumpel gestolpert. Einen Personalausweis habe ich nicht, nur einen italienischen Pass, und den zeige ich nur den Carabinieri und der Grenzkontrolle. Sie sind vom Zoll, und ich habe nichts zu verzollen.

Und diese Zigarettenstange gehört doch sicher Ihnen, nuschelte der Zollmann. Diese Stange Zigaretten hat keine Zollmarke. Also verhafte ich Sie wegen illegalen Zigarettenschmuggels.

Die anderen Beamten grinsten, so breit es ihre Schutzhelme zuließen.

Diese Stange haben die Vietnamesen fallen lassen, sagte der Zeitungshändler.

Ich sehe weit und breit keine Vietnamesen ... Also, entweder Sie zeigen jetzt Ihren Pass, oder ich muss Gewalt anwenden.

Gianluca holte seinen Pass oder was davon noch übrig war aus der Tasche. Der Zollpolizist nahm ihn mit spitzen Fingern und ließ ihn in einen Zellophanbeutel fallen. Dazu packte er die Stange Zigaretten.

Geh mit, Kumpel, sagte der Zeitungshändler. Sie können dir nichts beweisen. Ich gehe in den Park und sage deinem Vögelchen Bescheid, damit es dich nachher abholt.

Im Dienstwagen der Zollbeamten wiederholte Gianluca die Meinung des Zeitungshändlers. Wenn Sie nicht Jagd auf arme Vietnamesen machen würden, sondern Ihre Zeit darauf verwendeten, den Zigarettenkönig und seine Entführer zu finden, dann wäre es ruhiger auf den Straßen. Der Zigarettenkönig würde seine Produkte billiger machen zum Dank, und der Krieg wäre im Nu zu Ende.

Rauchen ist schädlich für die Gesundheit, sagte ein Beamter.

An einem herrlichen Märztag mit so dicken Uniformen durch die Gegend rennen, ist auch schädlich für die Gesundheit. Es stört die Transpiration und die Transparenz der Demokratie.

Wenn Sie jetzt nicht bald die Klappe halten, kriegen Sie noch eine Klage wegen Beamtenbeleidigung.

Gianluca hob beide beschellten Hände und hielt sie sich vor den Mund.

Am Abend wurde er wieder freigelassen. Die Fingerabdrücke auf der Zigarettenstange und auf seinem Pass waren nicht identisch. Man konnte ihm nichts nachweisen außer Sachbeschädigung einer Straßenabsperrung.

23

Vor dem Revier warteten Thran, Minh und weitere vietnamesische Tabakfreunde. Im Slalomflug kam schließlich auch Giorgina angeflogen. Wie immer leicht angesoffen.

Du bist ja ein richtiger Held. Ein richtiger Garibaldi, ein richtiger Robin Hood, ein richtiger Rächer der Enterbten.

Ich wäre lieber der freche Erbe der goldenen Ente oder wie diese dumme Gans hieß und bekäme endlich eine warme Mahlzeit in den Bauch.

Thran und Minh zogen Gianluca am Ärmel in die Seitenstraße zu einem asiatischen Imbiss.

Hier kannst du Hühnchenfleisch und Reis und Sauerscharf-Suppe essen, bis du platzt, und wenn du fertig bist, dann … Minh setzte ein vielversprechendes, aber nichtssagendes Lächeln auf und verschwand in der Küche. Thran stellte sich hinter den Tresen, jonglierte mit ein paar Töpfen und Pfannen, während Gianluca rätselte, was ihn noch erwarten könnte.

Nach zwei Minuten hatte er das Essen auf dem Tisch, und nach weiteren zwei Minuten war der Teller leer.

Thran staunte. Ich habe noch nie einen Europäer so schnell mit Stäbchen essen sehen.

Es ist alles eine Frage des Hineinversetzens in eine andere Person, sagte Gianluca. Wenn ich mir vorstellen kann, ich bin ein Chinese, dann kann ich auch wie ein Chinese essen.

Wenn du wie ein Chinese essen kannst, dann wirst du auch mit der nächsten Überraschung keine Probleme haben, sagte Minh, die völlig verändert zurückgetippelt kam. Sie trug ein enges langes, schwarzes Seidenkleid voller goldener Lotosblumen, eine große Schleife auf dem Rücken, und ihre Haare waren zu einer hohen Frisur zusammengesteckt. Sie zog Gianluca von seinem Barhocker und führte ihn über zwei dunkle Hinterhöfe in ein halbzerfallenes Haus. Nur das Erdgeschoss war noch bewohnt, der Rest bestand aus glaslosen Fensterlöchern.

Minh klopfte ein Erkennungszeichen an die Tür der einzigen Wohnung. Die Tür öffnete sich mit einem Summen, und Töne von zart gezupften Saiteninstrumenten klangen an Gianlucas Ohr. Minh gab ihm einen Schubs und schloss die Tür hinter ihm.

Mein Ende ist gekommen, sagte Gianluca leise, als er sich langsam durch den halbdunklen Flur in die Richtung bewegte, aus der die Musik kam.

Die nächste Tür wurde geöffnet, und er betrat einen Raum voller süßlich riechender Schwaden. Erst nach ein paar Sekunden erkannte er auf einem sehr breiten Sofa zwei sehr kleine Gestalten, die sich im Takt der sanften Musik langsam wiegten. Nachdem er sich an das Licht gewöhnt hatte, sah er zwei fast nackte Frauen mit entrückt lächelnden Gesichtern und sehr langen schwarzen Haaren. Stumm und mit langsamen Bewegungen winkten sie ihn zu sich heran und zogen dabei an langen Zigarettenspitzen, denen ein violetter Rauch entstieg.

Gianluca zeigte mit dem Finger auf sich, so als könne er nicht gemeint sein, aber da lag er schon zwischen den beiden Frauen auf dem sehr breiten Sofa, hatte eine Zigarettenspitze im Mund und atmete einen fremden, betäubenden Duft.

Jetzt sehr entspannt sein, sagte eine der schönen Frauen und begann Gianlucas Locken zu streicheln.

Ich war schon bei der Felgenkreiserischen Gymnastik und bin sehr entspannt, wollte er sagen, aber die zweite Dame hatte bereits ihre Hand auf seinen Mund gelegt.

Nichts mit Felge und nichts mit Kreis und nichts mit Gymnastik, sagte sie und zerrte ihm seine Trainingsjacke vom Körper. Dann legte sie ihren Kopf an seine Brust.

Du hast so eine wunderbare Bewölkung aus Haaren auf deinem tapferen italienischen Körper.

Gianluca wusste nicht, wie ihm geschah, als die erste Dame die Zigarettenspitze aus seinem Mund nahm und ihm dafür ihre Zunge hineinsteckte.

Du musst dich noch mehr entspannen, sagte die zweite und legte ihre Hand zwischen seine Beine.

Wer seid ihr, wollte Gianluca fragen, aber es kam nur noch ein kurzes Kichern aus seinem Mund.

Dann war ihm, als löse sich sein Körper vom Sofa und verbände sich mit dem Licht. Die Gesichter der beiden Frauen versanken an seinem Bauch, dann an den Innenseiten seiner Beine, und er hörte sie summen, leise und weit entfernt, eine Melodie, die ihm bekannt vorkam und dann wieder fremd und trotzdem nah, so, als würde jemand dicht an seinem Ohr singen.

Annetta ist schon lange tot.

Annetta ist schon lange tot, sagte eine der Damen und blies ihm violetten Rauch ins Gesicht. Und auch Frau Stechbart und Frau Terzki wohnen auf der grünen Wiese. Was ist mit dir los, Italiener?

Bin ich hier zu Hause?

Bei uns bist du immer zu Hause. Wir sind deine besten Freundinnen, Gianluca.

Ich bin katholisch und verlobt mit Annetta Conspiranza Machiavelli.

Die ist schon lange tot ...

Sie zogen den Reißverschluss seiner Hosen herunter.

Es rührt sich nichts, sagte eine.

Er ist nicht mal körperlich da. Er ist völlig abwesend. Meinst du, wir haben ihm zu viel von unserem Abwesenheitskraut zu rauchen gegeben?

Es wäre schade. Er hat es nicht verdient, dass er hier rausgeht, ohne wenigstens einen Hauch von Südasien erlebt zu haben.

Wer vor dem Bild der heiligen Mutter Maria einen Knicks und vor Christus einen Diener macht, kann nicht ganz katholisch sein, sagte Gianluca aus dem Halbschlaf.

Richtig, sagte eine der Damen.

Sind Sie eine einsame Ameise, Verehrteste? fragte Gianluca.

Nein, sie ist eine Tsetse-Fliege, von deren Stich man einen dicken Schwanz kriegt, sagte die andere.

Mein alter Hund vor der Kirche hat auch einen langen Schwanz.

Es hilft nichts. Dieser Mann kann zwar bullige Zollbeamte in die Flucht schlagen und mit Stäbchen essen, aber sonst ist nicht viel los mit ihm.

Was meinst du? Verstellt er sich? Kann er nicht, oder will er nicht?

Wenn ich muss, dann will ich nicht. Und wenn ich nicht will, dann kann ich nicht. Gianluca stieß die Hände der Liebeszauberinnen von seinem Körper und setzte sich auf.

Verstanden?

Sie sahen ihn ratlos an.

Wir geben ihm eine Anwesenheitspille, meine Liebe, und dann soll er mal sehen, ob er nicht einfach können muss, weil ihm nichts anderes übrig bleibt, als zu wollen.

Sie rissen ihn auf das Sofa zurück. Eine hielt ihn fest, und die andere flößte ihm mit einem süßlichen Gesöff eine Tablette ein. Dann warteten sie.

Sie warteten lange, bis es ihnen zu viel wurde. Sie weckten ihn aus der Trance und verabschiedeten sich von ihm mit vielen Verbeugungen. Bis zum heutigen Tag waren sie einem solchen Gebilde nicht begegnet, denn noch jedes Wesen hatte sich ihrem Willen gebeugt.

Beim nächsten Mal, so schworen sich die Frauen, würden sie den Stock, den er verschluckt hatte, aus ihm herausholen. Das waren sie sich schuldig.

24

Auch Gianluca war sich etwas schuldig. Er hatte noch eine Rechnung mit den Schlägern aus dem Park offen. Die offenen Wunden konnte er sich nicht dauernd mit Conspiranzas eingebildetem Muttermalskopf schönreden, und es genügte auch nicht, sich nachts mit dem Steindenkmal des schweigenden Bären darüber zu unterhalten, dass er nicht von allen Bewohnern der Gegend wohlgelitten war.

Als er den Asienimbiss verlassen hatte, bog er in die Straße zum Greifhagener Eck und sah die hautköpfigen Idioten vor der Kneipe lungern.

Zufall.

Zufall war es auch, dass die Anwesenheitspille, die ihm von den beiden Schönen eingeflößt worden war, erst jetzt zu wirken begann. Ganz anders, als sie laut Rezept wirken sollte.

Eine Stunde später fuhren vier Wagen des Roten Kreuzes vor das Greifhagener Eck und transportierten acht Schwerverletzte in die Notaufnahme des Krankenhauses Prenzlauer Berg.

25

Im April stand er einmal nachts um drei vor der Tür. Er sah sehr gut aus, die Haare geschnitten, rasiert, trug wieder seine Seidenjacke, und insgesamt schien er ein wenig beleibter zu sein. Selbst sein roter Hut machte einen höheren Eindruck.

Was gibt's Neues? fragte ich ihn. Du siehst ausgesprochen fantastisch aus.

Er setzte sich, schlug die Beine übereinander und schwieg.

Gibt es was Besonderes, dass du mich um diese Zeit weckst?

Ich weiß, dass du um diese Zeit immer wach bist. Es ist ein Anstandsbesuch. Ich will dir erzählen, was in letzter Zeit geschehen ist.

Ich höre, sagte ich.

Im San Marco haben wir die Zeche geprellt.

Ich weiß.

In der U-Bahn gab es eine Schlägerei wegen Schwarzfahrens.

Ich weiß.

Inhaftiert war ich wegen Beschädigung einer Straßenabsperrung und wegen Verdachts des illegalen Zigarettenhandels.

Über deine Robin-Hood-Aktion bin ich ebenfalls informiert worden. Auch darüber, dass man dir im asiatischen Bordell eine Ganzkörperanwesenheitspille verpasst hat und du daraufhin in der Lage warst, eine ganze Bande Skins zu verdreschen. Edel, edel, mein Freund.

Woher weißt du das?

In dieser Gegend spricht sich alles sehr schnell rum. Und außerdem habe ich meinen Tankwart. Der erzählt mir alles.

Diesen Tankwart möchte ich einmal kennenlernen, sagte er.

Diesen Tankwart wirst du nie kennenlernen, dieser Tankwart ist mir allein vorbehalten.

Er starrte mich an, als hätte ich ihm sein Lieblingsspielzeug weggenommen.

Vielleicht gibt es ihn gar nicht, deinen Tankwart!

Das geht dich einen feuchten Schmutz an, Gianluca. Vielleicht gibt es uns alle nicht ... Also, was gibt es noch an Neuem, das ich vielleicht nicht weiß.

Er setzte ein wichtiges Gesicht auf und grinste.

Von der Totenfeier hast du bei deinem mysteriösen Tankwart bestimmt nichts gehört?

Was für eine Totenfeier?

In deiner Post war die Einladung zur Totenfeier des verstorbenen Dichters Meier. Ich bin, wie du mir aufgetragen hast, dorthin gefahren.

Du solltest meine Amtspost erledigen und nicht zu Totenfeiern fahren.

Eine Totenfeier ist eine Amtshandlung, das habe ich in Italien gelernt auf der Akademie für Totengräber ...

Okay, also was war los auf der Totenfeier des verstorbenen Dichters Meier?

Sein Gesicht wurde noch wichtiger.

Nichts war los, sie saßen alle um einen Tisch herum und haben darüber geredet, wie schmerzvoll der Verlust des Dichters Meier ist und dass man sofort daran gehen müsse, ein Erinnerungsbuch an den Dichter Meier zu machen, damit er einen würdigen Platz in der neueren Geschichte finde ... Es wurde sehr laut gesprochen, damit der Verstorbene sie auf dem Friedhof nebenan auch verstehen konnte.

Ich denke, der ist tot.

Das dachte ich auch, aber die Leute taten so, als könnte dieser Dichter jeden Moment durch die Tür kommen und registrieren, wer was sagt.

Aha. Und wo fand das Ganze statt?

Berliner Ensemble hieß das Haus, was so viel heißt wie Berliner Gemeinsamkeit.

Ich weiß, was das heißt.

Aber von Gemeinsamkeit war nicht viel zu spüren. Jeder redete für sich. Jeder wollte den toten Dichter Meier am besten gekannt haben und jeder hatte eine Meinung darüber, wie man ihn am besten zu verstehen habe. Dabei ist der Mann erst vor drei Monaten gestorben. Sie redeten auch über ein Denkmal, das sie ihm setzen wollten, gleich neben dem Herrn, der vor dem Haus steht.

Das ist Brecht.

Von mir aus Brecht. Mir auch recht.

Kann es sein, dass ihr hier in Deutschland Denkmäler von Leuten baut, damit ihr sie schneller vergessen könnt?

Denkmäler werden überall auf der Welt für das schnelle Vergessen gebaut.

Ich habe ein Muttermal, das lebendig ist …

Ja, ja. Du bist überhaupt das Lebendigste, was es auf der Welt gibt. Vor allem wenn du mit Platzwunden ohnmächtig ins Krankenhaus Prenzlauer Berg eingeliefert wirst … Hat man dich übrigens nicht gefragt, wer du bist und woher du kommst?

Er blickte mich sehr seltsam und fast abwesend an und lächelte. Dann schüttelte er bedächtig den Kopf.

Ich habe diese Totenfeier dann verlassen und bin Herrn Meier auf dem Friedhof besuchen gegangen.

Und?

Mir war so, als hörte ich ein Lachen aus seinem Grab, aber sonst war alles in Ordnung. Die Friedhofsverwaltung hat gute Arbeit geleistet. Ich weiß das, weil ich Experte bin oder besser war.

Wunderbar, du spielst meine Rolle sehr gut, Gianluca. Aber jetzt schmeiße ich dich raus. Was hat Giorgina die ganze Zeit dabei getan?

Sie saß in der Kantine und hat mit dem Wirt und ein paar Schauspielern gesoffen.

Und jetzt fliegt sie mit irgendeinem Parkvogel um die Häuser.

Er setzte seinen Hut auf und ging. Meine Gefährtin zog aus ihrem Traum den folgenlosen Schluss, dass es auf der Insel Madeira im Winter wärmer sei als in Portugal.

Vielleicht sollte ich mir bei meinem Tankwart doch öfter mal eine Zeitung kaufen, dachte ich, als ich ihm aus dem Fenster hinterhersah.

26

Niemand kann einer bereits als Blumenrabatte verstorbenen Arbeitsvermittlerin verbieten, als Arbeitsvermittlerin zu reinkarnieren.

So kam es, dass Gianluca sich nach einem Jahr erneut vor Frau Terzki wiederfand. Sie sah sogar jünger aus als in ihrem ersten Leben. Vielleicht ist eine zwischenzeitliche Existenz als Blumenrabatte gut für den Teint, dachte Gianluca, vielleicht hatte man die Frau einfach nur gut gedüngt und gegossen. Sie saß frisch und munter vor ihrem Computer, starrte auf den Bildschirm, fummelte an den Tasten und der Maus herum, als sei zwischendurch nichts geschehen.

So finde ich Sie also nach einem Jahr wieder, Herr Brasch, und die Situation Ihrer Lage auf dem freien Arbeitsmarkt hat sich immer noch nicht geändert.

Gianluca wahrte die Fassung. Ich darf Sie noch einmal höflich darauf hinweisen, dass ich nicht Herr Brasch bin, sondern Gianluca Cardinale aus Checosabello, Sizilien, Italien, La Paloma.

Gut, dann sind Sie eben Herr Cardinale, Herr Brasch. Das ändert nichts an der Tatsache, dass Sie mit Ihrer Arbeitsplanung immer noch nicht zurechtkommen. Sie können nicht einfach in den Tag hineinleben.

Wohin soll ich denn sonst hineinleben? fragte Gianluca. In die Nacht vielleicht? Da pflege ich normalerweise zu schlafen, wenn ich nicht gerade von hellen Visionen geplagt bin.

Das ist Ihr Problem. Sie sind nichts als ein Lebenszuschauer. Sie betrachten das Leben als Kinofilm ... Ich sehe mich bald gezwungen, Sie zu niederen Tätigkeiten heranzuziehen, Herr Bradinale!

Was sind denn niedere Tätigkeiten? wollte Gianluca wissen.

Parks saubermachen. Reinigungstätigkeiten auf Straßen und Plätzen.

Das nennen Sie niedere Tätigkeiten? brüllte Gianluca. Gerade Sie, die Sie ein Jahr liebevoll umhegt und gepflegt worden sind von freundlichen Menschen! Die Sie umgarnt haben mit ihrer gärtnerischen Liebe. Die Sie gedüngt, gegossen und vor Ungeziefer geschützt, vor Blattläusen gerettet haben.

Ich weiß nicht, was Sie meinen, Herr Cardirasch, stotterte Frau Terzki und wurde weiß.

Darf ich mal eine Frage stellen, Sie Arbeitsrabatte? Was würden Sie denn an meiner Stelle werden wollen, wenn Sie an meiner Stelle wären?

Ich würde mich in einer Computercrashkurslaufbahn weiterbilden lassen.

Das ist eine gute Idee, sagte Gianluca. Da gehören Sie hin.

Durch den Monitor des Computers leuchtete eine weiße Wolke und sog Frau Terzki schlürfend in ihr Innenleben.

Kurz darauf erschien Frau Terzki auf dem Bildschirm.

Meine Damen und Herren Zuschauer: In unserem heutigen Abendprogramm zeigen wir den ersten Teil der preisgekrönten grönländischen Fantasieserie: Mein Leben als arbeitslose Eisscholle im karibischen Sommer.

Erster Teil: Die Schmelzung, sagte Gianluca.

Frau Terzki schrie kurz auf und verschmolz mit dem Bildschirmschoner.

27

Später im Frühling stand Bernd G. Kunerjee mit einem Postbeamten vor Gianlucas Bank und rüttelte ihn an der Schulter. Aufwachen, Herr Cardinale.

Gianluca öffnete ein Auge.

Entschuldigen Sie, dass ich nicht geklingelt habe, aber ich habe die Klingel nicht gefunden, und klopfen konnte ich auch nicht, da Sie keine Tür in Ihrer großen Wohnung haben, sagte Bernd G. Kunerjee.

Gianluca warf die alte Decke vom Körper und sah Bernd G. Kunerjee mit großen Augen an.

Wollen Sie mich wieder fotografieren, Herr Künstlerfotograf? fragte Gianluca.

Giorgina kam von ihrem Schlafbaum geflogen.

Nein, ich habe aber eine Überraschung für Sie, und da Sie keinen festen Wohnsitz haben, und also keinen Briefkasten, müssen Sie die Überweisung persönlich in Empfang nehmen.

Giorgina tropfte der Schnabel.

Wofür kriege ich denn Geld, ich habe doch gar nicht gearbeitet? Gianluca rieb sich die letzten Schlafkörner aus den Augen und sah den Beamten und Herrn Kunerjee immer noch ungläubig an.

Ich habe die Künstlerfotos von Ihnen und Ihrem Vogel sehr vorteilhaft nach Japan und Nepal verkaufen können, sagte Herr Kunerjee. Es ist zwar nicht meine Art, so etwas zu produzieren, aber man verwendet diese Fotos dort als Werbeplakat für Vogelfutter der Marke Schrill.

Wenn sie mich auf den Arm nehmen wollen, kommen Sie später wieder, Herr Kunerjee.

Bernd G. Kunerjee holte mit triumphierendem Lachen ein großes Plakat aus seiner Aktentasche, faltete es auseinander und präsentierte es. Gianluca rieb sich noch einmal die Augen, dann las er, übersetzte die fremden Zeichen und dichtete sofort nach:

Soll dein Vogel immer singen
Gib ihm dann vor allen Dingen
Futter, das er immer will
Gib ihm Körner, Marke Schrill.

Auf dem Fotoplakat sah man Gianluca herzzerreißend lächeln, und Giorgina schien ihm tief ins Ohr zu singen.

Und dafür kriegen wir nun Geld, flötete Giorgina.

Ja, sagte der Postbeamte, genau 102,27 Deutsche Mark, zusätzlich Mehrwertsteuer.

Damit können wir uns ein Sonnendach über der Bank leisten, sagte Gianluca.

Der Postbeamte überreichte Gianluca die Anweisung und ließ sie sich quittieren. Bernd G. Kunerjee befestigte das Plakat an Giorginas Schlafbaum und schloss seine Aktentasche. Als die beiden Besucher den Park verlassen hatten, drehte sich Giorgina zu Gianluca um und fragte schnippisch: Ich möchte nicht wissen, was der Herr Künstlerfotograf an diesem Plakat verdient hat.

Beim nächsten Mal, sollte es denn ein nächstes Mal geben, lassen wir uns durch eine Agentur vertreten, sagte Gianluca ...

... die uns dann einen Exklusivwerbevertrag besorgt, flötete Giorgina und flog zum Weiterschlafen auf ihren Baum zurück.

Gianluca verbrachte den Tag damit, die herausstehenden Nägel in die Bank zurückzudrücken und darüber nachzudenken, wie er das außer der Reihe gewonnene Geld anlegen könnte.

28

Die Sparkassenangestellte Beatrix Börnermann warf es vor Lachen fast vom Drehhocker, als sie hörte, dass Gianluca 102,27 Deutsche Mark in Aktien anlegen wollte. Auch die Sparkassenangestellte Hertaluise Friedrichsohn verbrauchte eine Packung Papiertaschentücher, um sich die Tränen abzuwischen, die sie lachte. Sie, die ansonsten sehr ernste Mitarbeiterin, brauchte am längsten, um wieder zur Ruhe zu kommen.

Ich weiß nicht, was es da zu lachen gibt, sagte Gianluca, wenn ehrlich verdientes Geld zinsgünstig angelegt werden will. Sagen Sie mir, welche Aktien günstig sind, und hören Sie auf zu lachen.

Mit diesen hundert Mark kriegen Sie im günstigsten Fall 3 ¼ % im nächsten Jahr. Das heißt 3 Mark 25, sagte Frau Friedrichsohn.

Ich will aber mein Geld verdoppeln und damit wie in Mailand innerhalb von zehn Minuten ein Vermögen machen.

Frau Beatrix Börnermann drehte drei Pirouetten mit ihrem Drehstuhl und starrte an die Decke, betrachtete dann einen ihrer vielen Silberringe sehr angestrengt, damit sie nicht in einen neuen Lachkrampf verfallen konnte.

Verstehen Sie doch, mit schlaffen hundert Mark können Sie kein Vermögen machen und schon gar nicht innerhalb von zehn Minuten, und was Sie in Mailand für einen Deal fabriziert haben, geht mich nichts an, aber ganz legal wird es nicht gewesen sein.

Frau Friedrichsohn sah angestrengt auf den Bildschirm

ihres Computers, aber ihr Blick war weitaus interessierter als der der Arbeitsamtsangestellten Terzki.

Ich würde Ihnen so sehr wünschen, dass es eine solche Verdienstmöglichkeit gäbe, sagte Frau Börnermann und schaltete ebenfalls ihren Computer an, aber die Berliner Sparkasse ist nur eine von vielen simplen Banken, und wenn die Geld zu verschenken hätten, würde es nicht so viele davon geben.

Gianluca dachte lange nach. Fast wäre er wieder gegangen. Dann begann er seine lange vorbereitete Rede.

Aber ich bin kein simpler Sizilianer. Ich bin ein Mensch mit einem sprechenden, klugen Vogel. Ich bin ein italienischer Nachtwächterwolf, der Arbeitsamtsangestellte in Blumenrabatten verwandelt, alle Sprachen spricht und im Besitz aller vorhandenen und nichtvorhandenen Weltweisheiten ist, kapieren Sie das!

Den beiden Damen verschlug es den Atem. Sollen wir die Polizei oder gleich die Irrenanstalt anrufen? fragte Frau Friedrichsohn.

Frau Beatrix Börnermann drehte erneut an einem ihrer vielen Silberringe, dabei richtete sich eine ihrer blonden Haarsträhnen von der Stirn auf und senkte sich wieder. Das Bild in ihrem Computer verwandelte sich von einem Zahlenmeer in das Foto einer sonnenbeschienenen Mittelmeerinsel mit Blumen, Palmen und blauen Bergen.

Bettina, ich habe dir gesagt, du sollst nicht immer mit der Elektromagnetik spielen. Das bringt alle Programme durcheinander, sagte Frau Friedrichsohn.

Pass mal auf, meine liebe Hertaluise, ich kann an meinen Ringen und Locken spielen, wie ich will, und außerdem heiße ich nicht Bettina, sondern Beatrix, genauso wie die Königin der Niederlande, und außerdem finde ich, dass diesem netten, freundlichen, lieben, außerordentlich höflichen, akkuraten, zuvorkommenden, selten seriösen und klugen italienischen

Staatsangehörigen geholfen werden muss. Wir haben nur selten die Chance, in unserem Beruf etwas Außerordentliches zu tun. Und ich finde, jetzt sollten wir sie nutzen.

Gianluca blieb der Mund offen stehen.

Passen Sie auf, mein Herr, Ihre Milchzähne werden sauer.

Frau Friedrichsohn, die bereits den Hörer in der Hand hielt, legte ihn zurück auf den Apparat.

Und wie, Eure Majestät, stellen Sie sich das vor?

Wir frisieren einfach die Daten in unseren Computern.

Und wie stellen Sie sich das vor, Königin Beatrix der Niederlande? fragte Frau Friedrichsohn.

Mit einem Kamm! Womit frisiert man? Mit einem Kamm!

Frau Börnermann holte einen Kamm aus ihrer Tasche und strich damit über ihren Computer. Das schöne Mittelmeerbild des Computerspiels wandelte sich in große Buchstaben, die anzeigten, dass sie sich im Internetz einer großen Versicherungsgesellschaft befanden. Frau Börnermann kämmte weiter.

Lebensrücktrittsversicherung stand auf dem Computer.

Frau Friedrichsohn hatte ebenfalls einen Kamm aus ihrer Tasche gezogen und kämmte ihren Computer in die gleiche Richtung.

Und was machen wir jetzt, Beatrix? fragte Frau Friedrichsohn.

Wir geben die 100 Mark von Herrn Cardinale als angezahlte Versicherungssumme ein. Dann erklärt er schriftlich, dass er von seinem Leben zurücktritt, weil es ihm (wie auch bei einer Reiserücktrittsversicherung vereinbart werden kann) nicht gefallen hat, und zahlen ihm 25 000 Mark aus.

Nur 25 000 Mark? sagte Frau Friedrichsohn, ich denke, wenn wir schon mal großzügig sind, können wir ihm ruhig 25 Millionen dafür buchen.

Die beiden Damen kämmten ihre Computer und sprühten die Tastaturen mit Haarspray und Lack ein. Eine dritte

Sparkassenfee, Frau Leonore Lauerfeld, die das Geschehen bis jetzt am Rande verfolgt und nur gekichert hatte, trat mit einer Batterie Farbpatronen hinzu und färbte den Computer in allen Farben ein. Danach ließ sie den Drucker an und las das Ergebnis laut vor:

Cardinale, Gianluca – Ist-Lebensrücktrittsversicherung 25 Millionen Holländische Gulden gleich 25 Millionen D-Mark gleich 2 Milliarden 500 Millionen Lire. Herr Cardinale war mit seinem Leben nicht zufrieden und gibt es deshalb zurück. Das Leben wird gegen die Zahlung des obengenannten Betrages vorläufig storniert und kann dem meistbietenden Anbieter von der Berliner Sparkasse angeboten werden. Vorerst wird das Leben im Kühlraum der Berliner Sparkasse aufbewahrt und muss bis zum Neuerwerb täglich gepflegt werden ...

Und auf diese Transaktion gehen wir jetzt alle vier in die *Insel*, eine Flasche italienischen Sekt trinken. Bei Geld hört zwar die Demokratie auf, aber vielleicht fangen da die Träume an, sagte Frau Lauerfeld ...

Wollen Sie die hundert Mark in Zehnern, Zwanzigern oder in zwei Fünfzig-Mark-Scheinen, fragte die freundliche Sparkassenbeamtin in der Filiale 413 in der Schönhauser Allee 145.

Ich will es in Markstücken, sagte Gianluca. Wenn ich schon kein neues Leben dafür kriege, will ich wenigstens schwer daran zu tragen haben.

Das finde ich richtig, sagte Frau Beatrix Börnermann, und Frau Friedrichsohn und Frau Lauerfeld nickten.

Sie verließen das Sparkassengebäude, um die Lebensrücktrittsversicherung in der *Insel* zu begießen.

29

Einunddreißigster März neunzehnhundertsiebenundneunzig. Es war noch sehr früh, als Gianluca den Kuglerpark verließ. Außer ein paar nicht so nachtschwärmerischen Vögeln war niemand zu sehen und zu hören. Alle Läden waren rolladengesichert wie für den Jüngsten Tag, der der älteste werden wollte. Wieder eine Zeit zwischen Nacht und Tag, eine Art Niemandszeit, ein Zwischenzustand zwischen Schlafen und Wachen.

Was mochte hinter den sporadisch an- und ausgehenden Küchenlichtern vorgehen: Wer war heute Nacht gestorben, wer hatte seine Ehegattin verprügelt, wer um einen entschwundenen Geliebten geweint, wer hatte die Nacht vor dem Fernsehapparat verbracht und sich bei einem kabelgesendeten Film hoffnungslose sexuelle Erleichterung verschafft? Wer hatte am nächsten Tag eine Verrichtung zu erledigen, wer träumte von viel Geld, und wer wusste, dass er am kommenden Tag nichts zu erwarten hatte? Träumte Engelchen von ihrem neuen Gemüseladen, träumten die Trinker aus dem Greifhagener Versteck von einer Arbeit in einer Gartenkneipe?

Das und anderes ging durch Gianlucas Kopf, als er in die Schönhauser Allee einbog. Eine erste Straßenbahn kam schnell heran. Der Straßenbahnfahrer hatte nur Augen für den lauen Verkehr und blickte stur geradeaus. Am Bahnhof Schönhauser trafen sich die Zeitungsverkäufer, sortierten ihre Zeitungen und unterhielten sich über die letzten Ergebnisse der Bundesliga und über die Auslösung einer berühmten Geisel gegen Höhe von 30 Millionen Mark.

Hinter ihnen, hinter den Resten einer zerschlagenen Glasscheibe, saß auf einem Pappkarton, angezogen mit einem alten, aber sehr sauberen Anzug der schon sonnengebräunte und lächelnde Kalle Kurzweg aus Königs Wusterhausen.

Er winkte Gianluca heran, zog seinen Kopf herunter an sein Ohr und flüsterte: Morgen sterbe ich. Wie findest du das?

Gianluca nahm Kalles Arm von seinem Hals und sah ihn mit großen Augen an: Ich sterbe doch auch nicht.

Ich aber werde morgen sterben, sagte Kalle mit Nachdruck, das weiß ich, und es wird genau um 5.17 Uhr sein.

Du hast nicht mehr alle Speichen im Fahrrad, und deine Tassen befinden sich auch nicht mehr alle im Geschirrschrank. Du siehst gut aus. Besser sahst du noch nie aus.

Gerade deshalb, sagte Kalle lächelnd, das Leben gibt mir noch einmal so einen richtigen Schub. Gestern war ich sogar im Waschsalon und habe meine Zweitgarnitur Klamotten auf Vordermann gebracht.

Gianluca roch Kalles Atem. Keine Fahne. Keine Restfahne. Eher der Geruch einer vollständigen Zahnpastatube.

Du stirbst nicht, du stehst jetzt auf, nimmst deine Sachen und gehst mit mir zur fidelen Bäckerin frühstücken.

Lass mich noch einen Blick auf den Markt tun, sagte Kalle, einen letzten Blick werfen auf dieses sterbende Stück frühen Kapitalismus, der langsam den Bankfilialen und Videoverleihen weichen muss.

Normalerweise war der Markt um diese Zeit noch leer und hatte außer Metallstangen, Holzpaletten und Brettern nur ein paar verirrte Tauben vorzuweisen. Kalle und Gianluca stolperten zwischen diesen merkantilen Resten herum, als plötzlich über einem Stapel Pappkartons ein blauer Turban auftauchte. Nein, es war nicht Bernd G. Kunerjee, der indisch gewandete Künstlerfotograf, sondern ein echter Inder. Er wirkte hier völlig fehl am Platze, sein Lächeln über den Kisten war so in sich gekehrt, als wohne Krishna selbst in ihm. Als er die beiden Fremdlinge entdeckte, kehrte sich sein Lächeln nach außen, so als wolle er sagen: Ich weiß, ich bin hier nicht ganz richtig, aber euch beide hat es ebenso zur falschen Zeit an den falschen Ort und offensichtlich völlig grundlos an diesen trostlosen Platz verschlagen.

Er sagte nichts, aber sein schweigendes Lächeln war beredter als jede Tageszeitung, die einige Meter weiter verkauft wurde. Mit stoischer Ruhe baute er seinen Stand auf, befestigte Haken und Metallstäbe aneinander und begann, leinene Jacketts und dazugehörige Hosen daran aufzuhängen. Keine Spur von Hektik, immer noch lächelnd. Es fehlte nur noch Sitar-Musik, und der Frieden wäre komplett gewesen.

Gianluca stieß Kalle an und sagte: Findest du nicht, dass es noch ein bisschen früh zum Sterben ist? Sind das nicht Zeichen, die bewirken, dass du noch ein paar Jahre dranhängst?

Ich bin nicht besonders religiös, mein Freund, vielleicht hast du recht, aber im Traum wurde mir heute gesagt, dass ich um 5.17 Uhr sterben werde.

Vielleicht haben sich die Traumfeen geirrt, denn das Datum haben sie dir nicht gesagt.

Morgen, sagten sie.

Morgen kann ein Morgen sein, das sagt noch gar nichts.

Haarspaltereien, sagte Kalle, ich habe es im Blut. Es geht mir einfach zu gut, und das geht nicht mit rechten Dingen zu.

Jetzt hör mal auf mit dem Requiemsgesinge, wir gehen erst mal zur fidelen Bäckerin frühstücken.

Die fidele Bäckerin gehörte zu dem Teil der arbeitenden Bevölkerung, der morgens um vier unmürrisch aufsteht und zur Arbeit geht. Bei ihr konnte man sagen, dass Morgenstunde nicht nur Gold im Munde, sondern in den Haaren und im Gesicht hat. Das Gold in den Haaren war zwar chemikalisch, ebenso wie der goldene Reif darin aus Blech war, doch früh um sieben konnten Kalle und Gianluca nicht mehr verlangen. Dafür war das Lächeln zwischen den

Torten und Kuchen echt und erinnerte Kalle Kurzweg an einen Evergreen des berühmten deutschen Teilstaatensängers Frank Schöbel:

Da war Gold in deinen Augen,
Da war Gold in deinem Haar,
Musst mir heut und immer glauben,
Alles wird so, wie es war.

Kalle krächzte dieses Lied und sagte dann: Der Text ist zwar leicht geändert, aber ich denke, für heute ist er richtiger als der alte.

Ich kenne den alten Text nicht, sagte Gianluca, aber wenn ich mir die fidele Bäckerin so anschaue, könnte es so sein. Fidel, lieber Kalle, heißt nicht nur fröhlich, sondern auch stolz und würdig.

Bei uns gehen Fröhlichkeit und Stolz selten zusammen, sagte Kalle, entweder man ist fröhlich besoffen oder stolz nüchtern. Ich möchte einmal im Leben sehr stolz gesoffen haben und danach fröhlich nüchtern werden.

Haben Sie vor, weiterzuphilosophieren, oder haben Sie die Güte, mir mitzuteilen, welches Stück Kuchen, Torte oder welchen Keks Sie käuflich zu erwerben gedenken? sagte die blonde Bäckerin nicht.

Sie sagte: Wollense hier rumstehen oder was kaufen? Das Lächeln blieb jedoch unverrückbar auf ihrem Gesicht stehen.

Verwirrt zeigte Gianluca auf ein Blech Pflaumenkuchen.

Alle? fragte die Bäckerin.

Alle, sagte Gianluca.

Bei Ihnen ist wohl heute Kindergeburtstag? fragte sie neugierig.

So etwas Ähnliches, sagte Kalle.

Die Bäckerin nahm alle Pflaumenkuchenstücken vom Blech, platzierte sie auf eine Pappunterlage und baute ein großes Paket daraus.

So, meine Herren, nun wünsche ich Ihnen guten Appetit, und wenn Sie Nachschub brauchen, ich sage dem Meister Bescheid. Macht 31 Mark genau für zwanzig Stück. Damit werden Sie, denke ich, bis morgen auskommen.

Einen wunderschönen Tag, sagten Kalle und Gianluca gleichzeitig, intonierten noch einmal gemeinsam das goldene Augenlied.

Giorgina hockte noch schnarchend auf ihrem Schlafbaum. Kalle und Gianluca setzten sich auf die Bank, wickelten das Kuchenpaket aus. Kalle sah auf den kleinen Steinbären.

Das ist also der Gefährte deiner durchwachten Nächte.

Ja, sagte Gianluca, ich unterhalte mich mit ihm, wenn Giorgina nachts über die Häuser zieht.

Er sieht wirklich weise aus, dieser Bär, als hätte er im Gegensatz zu uns schon alles hinter sich, sagte Kalle.

Der Park füllte sich. Rentner kamen langsam vorbei und sahen misstrauisch auf das große Kuchenpaket, Kinder besetzten den Platz, den man hochstaplerisch Abenteuerspielplatz genannt hatte. Ein paar junge Männer versammelten sich in der Nähe des WC-Pavillons, aus dem es zunehmend roch. Sie tauschten Päckchen oder einfach nur Geld und sahen verstört um sich. Einige Frauen schoben Kinderwagen vor sich her und blinzelten ab und zu in die Sonne, die durch die Bäume drang.

Wenn ich an die blonde Bäckersfrau denke, sagte Kalle Kurzweg, bricht mir das Herz.

Nein, ich verliebe mich nicht mehr, aber ich denke darüber nach, mit welcher Würde und Anmut sie ihre Arbeit macht und dafür bestimmt viel weniger Geld bekommt als mancher, der vier Stunden später aufsteht und mit griesgrämigem Gesicht zu seinem Arbeitsort geht und Geld für nichts kriegt,

Das erinnert mich an meinen Besuch im Arbeitsamt.

Was war das? fragte Kalle.

Es gab da eine Frau, die redete beständig mit ihrem Computer, bis sie schließlich ganz eins mit ihm wurde.

Du bist einfach ein gottbegnadeter Spinner, Gianluca.

Er ist ein frühberenteter Tourist auf ewigem Urlaub, brüllte Kalle.

Eins weiß ich, und das wusste ich schon davor: Wir beherrschen einen aufrechten Gang, das Fell ist uns von den Armen und Beinen so gut wie weggefallen. Da mussten wir uns Hütten bauen, um nicht zu frieren, und uns ausdenken, was wir mit den Armen und Händen anfangen.

Und mit dem Kopf.

Du unter deiner italienischen Sonne ahnst nicht, was es heißt, in diesem fast immer Novemberland ohne Beschäftigung zu sein. Du hältst deinen Bauch auf den Platz voller Sonnenschein und denkst, du bist im Paradies.

Eine kleine Buchecker fiel neben Kalles Fuß.

Siehst du die Vögel dort auf dem Baum, sie säen und sie ernten nicht, und der liebe Gott ernährt sie doch, zwitscherte Giorgina und setzte sich auf Gianlucas Schulter.

Ich bin heute von lauter weisen Anarchisten umgeben, sagte Kalle, nahm die Buchecker, knackte sie und aß sie auf. Giorgina pickte in einem Stück Pflaumenkuchen herum.

Wo hast du deinen neuen Freier gelassen? fragte Gianluca.

Giorgina schmatzte und wurde rot, röter als ihr Gefieder ohnehin schon war: Der Kerl ist wieder zu seiner alten Krähe mit seinen sieben Kindern abgedüst. Ein Ehekrüppel eben, der sich nur nachts raustraut, wenn er weiß, dass seine Alte fest schnarcht. Nachts macht er mit mir als buntem Vögelchen die große Sause und erzählt mir was von Vogelhimmel, und tagsüber mimt er den Nebelkrähenehemann und krächzt seine Kinder zusammen.

Vergiss nicht, dass du auch mal eine mittelmäßige graue Taube warst, und jetzt halte diesen lieben Mann davon ab, morgen um 5.17 Uhr einfach sterben zu wollen. Halte ihn hin, bis ich wieder hier bin.

Wohin gehst du, Gianluca? fragten Kalle und Giorgina wie aus einem Mund.

Ich muss zum Arzt, antwortete Gianluca. Damit ich wenigstens auf diese Art und Weise beschäftigt bin und so tue, als ob ich was tue.

Was haben wir denn heute für eine Krankheit, wenn ich das mal so ganz nebenbei erfahren darf? Einen geraden Rücken hast du, was fehlt dir noch zu einem künftigen Olympiasieger im Ärztebesuchen? Ärzte-Hopping nennt man so was.

Mein Herz muss untersucht werden.

Tja, das ist natürlich sehr bedenklich, mein Freund, sagte Giorgina nach einer Pause, in der sie intensiv nachgedacht hatte. Dann würde ich mich aber beeilen, mein Lieber, mit einem Herzen ist nicht zu spaßen.

Und du passt auf meinen Freund Kalle auf und achtest darauf, dass er keine Dummheiten macht.

Worauf du dich verlassen kannst, rief Giorgina Gianluca nach, der hinter dem sphinxisch grinsenden Steinbärchen langsam verschwand.

So, Kalle, und wir gehen jetzt erst mal ins Greifhagener Versteck einen nehmen.

Keine Kohle mehr, sagte Kalle.

Ich habe dort als bunter Vogel unbegrenzt Kredit, sagte Giorgina.

30

Am U-Bahnhof Schönhauser Allee wartete Gianluca auf die Straßenbahn. Er wollte zu einer Ärztin, die weiter weg von dieser Gegend praktizierte und so ganz unvoreingenommen den Zustand seines Herzens herausfinden konnte. Nichts gegen die assoziativ denkenden Ärztinnen dieser Gegend, aber für sein Herz brauchte er eine völlig neutrale Gegend. Auch ein Psychiater wäre jetzt falsch. Gianluca tat nie das Nächstliegende. Es war ein ganz und gar physikalischer Zustand.

Die Straßenbahn kam mit zehn Minuten Verspätung und war brechend voll. Gianluca drang mit einigen Ellenbogenstößen bis in die Mitte des Wagens vor und fand noch einen Sitzplatz für sich und sein schweres Herz. Die Leute hatten hierzulande die merkwürdige Angewohnheit, sich um die Eingänge zu drängeln, weil sie Angst hatten, nicht an der richtigen Haltestelle herauszukommen. Eine komplizierte Form, sich das Leben schwer zu machen.

Gianluca blätterte gelangweilt in der billigsten Tageszeitung, die er sich gekauft hatte. Die 30 Millionen schwere Geisel befand sich inzwischen weit von Deutschland entfernt, eine Volksabstimmung über den Zusammenschluss von Hauptstadt und Umland war zu Ende gegangen, und die Mannschaft von Borussia Dortmund stand als Fußballmeister fest.

Was sind eigentlich Borussen? fragte sich Gianluca, als die Straßenbahn in der Nähe eines halbzerfallenen Stadions hielt. Eine bestimmte Sorte Russen, Borussen, Birussen, Barussen. Egal, sagte er, sah auf seinem Stadtplan nach und stellte fest, dass er aussteigen musste.

Wenn mir solche Sachen das Herz belasten, laufe ich nicht mehr ganz rund, dachte er und ging langsam zur Praxis der ihm empfohlenen Ärztin. Es war nicht besonders voll im Warteraum. Trotzdem schien sich die Frau Doktor für jeden Patienten viel Zeit zu nehmen. Gianluca blätterte, nachdem er sich bei der Schwester angemeldet hatte, in einem vorsintflutlichen Apothekenjournal. Er erfuhr einiges über den Kampf gegen Hühneraugen, Schweißfüße und umweltbedingte Kopfschmerzen und malte den abgebildeten

Patienten und Heilpraktikern mit dem Kugelschreiber Brillen und Bärte ins Gesicht. Als die Zeitschrift ungefähr so aussah wie die Fahndungsliste der italienischen Polizei, wurde er ins Sprechzimmer gerufen.

Herr Cardinale, tönte es sanft hinter der Tür.

Gianluca ging erwartungsfroh in das Zimmer. Eine Frau, die weit davon entfernt war, wie eine Ärztin auszusehen, saß hinter einem fast leeren Schreibtisch, auf dem nur ein Stethoskop und ein paar Rezeptformulare lagen. Sie lächelte freundlich, aber es war nicht das handelsübliche Standardlächeln, sondern eher eine Mischung aus Neugier und Barmherzigkeit. Die Frau Doktor konnte genauso gut im späten Mittelalter praktiziert haben.

Ich heiße Frau Dr. Linde, sagte sie, und was haben Sie auf dem Herzen, Herr Cardinale?

Das ist es gerade, sagte Gianluca, mein Herz ist mir in letzter Zeit so schwer geworden. Ich meine das nicht seelisch, ich meine das ganz körperlich. Mein linker Arm ist länger als mein rechter, deshalb stimmt auch mein Gleichgewicht nicht mehr.

Ganz einfach, sagte Frau Dr. Linde nach einer langen Pause, in der sie Gianluca betrachtet hatte. Ganz einfach: Schwermut.

Ich wollte eigentlich nicht zum Psychiater, sagte Gianluca.

Ich meine das auch nicht psychisch, sondern ganz physisch, Herr Cardinale. Sie kommen aus einer südlichen Gegend, also weiter weg vom Pol. Ich nehme an, Sie sind aus Sizilien?

Gianluca blieb vor Staunen der Mund offen.

Machen Sie den Mund wieder zu. Ich habe genug italienische Filme gesehen, um zu erkennen, dass Sie aus Sizilien sind.

Nach einer dreißigsekündigen Schweigepause sagte Gianluca: Aber ich könnte genauso gut aus Griechenland oder Zypern oder aus Südportugal kommen.

Ich habe genug italienische Filme in Originalfassung gesehen und erkenne die Leute am Akzent.

Waren Sie denn schon mal in Sizilien, Frau Doktor?

Ich war überhaupt noch nicht in Italien. Ich kann Ihnen trotzdem den Grund für die Krankheit Schwermut nennen, sagte Frau Doktor Linde.

Ohne mein Herz abzuhören? fragte Gianluca.

Ohne Ihr Herz abzuhören. Es ist ganz einfach. Die Anziehungskraft an die Erde erhöht sich, je näher ein Mensch an einen der Pole kommt. Die Ursache dafür ist ein sich verstärkender Magnetismus, der von den Polen ausgeht und einem das Herz schwerer macht.

Deshalb scheinen die Menschen in diesen Breitengraden auch erdverbundener als im Süden zu sein. Und etwas träger und schwerfälliger.

So kann man es auch sehen, sagte die Frau Doktor.

Mein Steinbär im Kuglerpark scheint einen ganzen Magneten verschluckt zu haben, sagte Gianluca.

Darf man wissen, von wem die Rede ist? erkundigte sich Frau Doktor Linde.

Ach, das ist ein versteinerter Freund von mir, sagte Gianluca.

Ach so, sagte Frau Doktor etwas ungläubig. Nun machen wir aber trotzdem mal schön den Oberkörper frei, Herr Cardinale. Ich will mal hören, wie das Echo Ihres Herzens ist.

Wer wir? fragte Gianluca, drehte sich um, aber es war sonst niemand im Sprechzimmer.

Sie und Ihr Herz natürlich.

Etwas merkwürdig erschien Gianluca diese Magnettheorie zwar, er lüftete trotzdem seinen Pullover und harrte der Dinge, die da kommen sollten.

31

Giorgina bestellte von Kalles Schulter herunter gleich zwei Bier und zwei doppelte Wodka.

Oh, rief René, wir haben heute das Herrchen gewechselt.

Auch Ronnie und Sylvie grinsten breit vom Stammtisch her. Kommt mal Leben in die Bude, sagte Ronnie, und wir haben ein bisschen mehr zu quatschen.

Musst du den Leuten immer gleich verklickern, dass wir aus Sachsen sind, sagte Sylvie und schlürfte an ihrer Kaffeetasse.

Ich bin stolz drauf, sagte Ronnie, bei uns haben die besseren Rockfestivals stattgefunden. Und das Bier ist auch besser.

Und deshalb bist du auch in einer Berliner Eckkneipe gelandet, mein Bester, sagte Sylvie.

Die Hauptstadt rief, und alle sind gekommen, lachte Ronnie und stellte die Getränke auf Kalles Tisch.

Hauptsache Stadt, danke, und alle sind verkommen, sagte Kalle.

Wo hast du denn deinen italienischen Herrn gelassen? wollte René wissen.

Der ist schon wieder bei einer Ärztin. Jetzt glaubt er, er hat es mit dem Herzen. Irgendwann setzt er sich zur Ruhe und schreibt ein Buch mit dem Titel *Abenteuer im Wartezimmer*. Erlebt und aufgeschrieben von Gianluca dem Hochbarmherzigen.

Keiner lachte.

Und wofür hast du dir nun diesen Wodkafreund ausgesucht, Giorgina? fragte Ronnie.

Ich kann so schlecht alleine sein, sagte Giorgina. Außerdem wollte ich mal euer Billard und euer Dartspiel ausprobieren.

Ich habe noch nie einen Vogel Billard spielen sehen, sagte Sylvie.

Ich habe noch nie einen Vogel Pfeile werfen sehen, sagte Ronnie.

René lächelte dazu nur, so als wisse er, was käme. Giorgina nippte an ihrem Wodka, während Kalle ihn in einem Zug austrank. Dann ging er an den Billardtisch und versenkte ein Fünf-Mark-Stück darin, drückte einen Knopf, und die Kugeln rollten in den Schacht. Er nahm ein Queue, kreidete es sorgfältig ein und sortierte akribisch die bunten Kugeln.

Kannst du mir sagen, wie du es bewerkstelligen willst, ein Queue zwischen den Krallen zu halten, Giorgina? fragte er dann.

Ich ziehe es vor, ohne Queue zu agieren, wenn du erlaubst, und gerechtigkeitshalber mit meinen Gliedmaßen spielen zu dürfen.

Hinter dem Tresen erklang ein dreistimmiges Gelächter.

Ich könnte noch eine Salzstange als Hilfsmittel zur Verfügung stellen, sagte René.

Das erhöht den Reiz, sagte Giorgina.

Kalle legte die weiße Kugel an den vorgeschriebenen Platz und begann.

Sehr zerstreut liefen die bunten Kugeln auseinander. Keine wurde versenkt. Giorgina klemmte die Salzstange zwischen die Krallen, flog über den Billardtisch, stieß die weiße Kugel im Flug, und zwei halbgefärbte Kugeln verschwanden. Die Gesichter der Anwesenden wurden ernst.

Das soll er mir erst mal nachmachen, zwitscherte Giorgina, flog zurück an ihren Tisch und nippte an ihrem Bier.

Mit einem Stoß im Sturzflug versuchte sie ihre dritte Kugel.

Erst beim nächsten Versuch überließ sie Kalle den Tisch. Die Augen der beteiligten und unbeteiligten Personen wurden größer, die Münder blieben offen stehen, als Giorgina nach Kalles Versuch zwei weitere Kugeln mit der Salzstange einlochte.

Ich schmeiß meinen Fernseher aus dem Fenster, sagte Ronnie.

Sylvie schaute mütterlich erstaunt ihren Chef René an, der sich bereits Gedanken machte, zu welchem Preis er Giorgina zum Star der Altberliner Stampe machen konnte.

32

Was bewegt denn mein Herz so? fragte Gianluca Frau Doktor Linde, die schon seit einer halben Stunde mit dem Stethoskop an seiner Brust herumsuchte. Dabei nahmen ihre Augen eine ähnliche Form an wie die der Insassen des Greifhagener Verstecks.

Hören Sie nun was, oder bin ich schon tot? fragte Gianluca.

Ich höre eine Menge, sagte Frau Doktor. Serenaden, Fados und Fandangos, Sarabanden, deutsche Volksweisen und andere Folklore, aber einen ordentlichen Herzschlag bringt Ihr Herz offensichtlich nicht zustande. Wie soll ich da ein Echo feststellen? Bei Ihnen ist es wie in der Serie *Herzklopfen kostenlos*. Musik kann man hören, aber das Herzklopfen nicht.

Freuen Sie sich doch, Frau Doktor Linde, lauschen Sie ein wenig, wenn in meinem Herzen kostenlos Musik gespielt wird.

Setzen Sie sich auf dieses Ergometer dort, sagte Frau Dr. Linde.

Sie zeigte auf ein abgehacktes Fahrrad in der Ecke.

Setzen Sie sich da rauf und strampeln Sie, bis Sie nicht mehr können.

Frau Dr. Linde schaute jetzt nicht mehr sorgenvoll durch die Gegend, sondern schien sich diebisch auf etwas zu freuen.

Gianluca setzte sich auf den Sattel und begann, in die Pedale zu treten. Frau Dr. Linde befestigte das Stethoskop mit Klebeband an seiner Brust, verband es mit einem Kabel und steckte die gesamte technische Einrichtung in zwei große Lautsprecherboxen. *You can't always get what you want*, sangen die Rolling Stones durch die Praxis.

Wenn das kein Echo ist, sagte Gianluca, will ich Ludwig von Beethoven heißen.

Ich glaube, ich bin einem völlig neuen physio-psychologischen Phänomen auf der Spur, sagte Frau Dr. Linde.

Wenn Sie das psychologisch weglassen könnten, stünde ich weiter zu Ihren Diensten, Frau Doktor. Eine Psychologin lass ich nicht in meiner Seele rumfummeln.

Aus den Lautsprechern ertönte ein verquaster psychodelischer Song der Gruppe Pink Floyd, zerstört von den Rhythmen der Gruppe Led Zeppelin. Frau Doktor Linde zog den Stecker aus den Boxen.

Na dann eben nicht, Herr Cardinale. Aber ein Phänomen bleiben Sie trotzdem für mich. Ihr seelischer Zustand setzt sich in Ihrem Herzen sofort in eine Musik um, Ihr Herzenszustand manifestiert sich sofort in Harmonien und Disharmonien. Wenn die ganze Welt so erkennbar wäre, es wäre einiges anders.

Gegen politisch-philosophische Interpretationen meines Gesundheitszustandes habe ich ebenfalls einiges einzuwenden. Warum nehmen Sie mich nicht so, wie ich bin. Eine lebendige Musikbox, sagte Gianluca.

Im Gegensatz zu einer Musikbox sind Sie nicht programmierbar, und das soll auch so bleiben, sagte Frau Dr. Linde. Ich möchte, dass Sie Ihr Geheimnis für sich behalten. Sie selbst sind ein Geheimnis. Ihre Schwermut gründet weder auf einem physikalischen Umstand noch einer irgendwie gearteten physischen Veränderung. Der Magnetismus allerdings spielt eine gewisse Rolle. Das kann man nicht ganz unbeachtet lassen. Ich verschreibe Ihnen nichts, Herr Cardinale. Nur eins.

Und was soll das sein, Frau Doktor Linde? fragte Gianluca.

Singen, singen, singen. Immer wieder singen.

Ich kann aber gar nicht singen.

Es ist völlig egal, ob Sie singen können. Ihre Seele allein ist Musik.

Danke für das Kompliment, sagte Gianluca gerührt.

Ich ziehe ebenfalls meine Konsequenzen aus dieser Erfahrung.

Und die wäre? fragte Gianluca.

Ich mache diesen Laden hier zu und studiere Herzensmusik, sagte Frau Doktor Linde und begann mit dem Stethoskop sich selbst zu behören.

Als Gianluca die Tür der Praxis hinter sich schloss, hörte er das Lied: *Sag beim Abschied leise Servus.*

33

Inzwischen hatte Giorgina die dritte Partie Poolbillard gewonnen. Obwohl er es sich bei seinem verlorenen Häuschen geschworen hatte, bis zu seinem Tod nichts mehr zu trinken, war Kalle jetzt wahrscheinlich vor Ärger voller denn je. Ärger soll, behaupten manche Internisten, die Wirkung potenzieren. Äußernisten behaupten das Gegenteil. Sie vertreten die These, man ärgere sich eher schwarz als blau.

Kalle beobachtete Giorginas Siegeszüge mit der Salzstange beleidigt und schien durch die Wände des Greifhagener Verstecks hindurchzusehen.

Sylvie, Ronnie und René grinsten und freuten sich. Sie dachten ernsthaft über die Gründung eines Varietés nach. Das Dartspiel bestritt Giorgina für sich allein. Die wenigen

Tropfen Schnaps machten ihr nichts aus. Bevor sie die Pfeile in die Mitte der Scheibe stach, vollzog sie halsbrecherische Loopings und andere Flugfiguren, um den Reiz des Spiels zu erhöhen. Nach einer Stunde verebbte das Lachen. Die drei Kollegen hatten sich an die akrobatischen Einlagen gewöhnt und wandten sich wieder den alltäglichen Dingen zu. Giorgina setzte sich auf Kalles Tisch.

Wo bleibt nur unser Hypochonder? fragte sie Kalle.

Vielleicht hat er sich gleich in die Intensivstation der Charité einweisen lassen und lässt sich einen Herzschrittmacher einpflanzen. Herzschrittmacher, Kerzschnittmacher, Scherzhitmacher, Schmerzkitzlacher, lallte Kalle.

Ist dir nicht gut, mein Kalle? fragte Giorgina.

Nein, doch, nein. Ich habe nur so viel gesoffen, dass ich heute wahrscheinlich nicht in Würde sterben kann, wie ich es mir vorgenommen habe. Ich kann Verzögerungen bei solch wichtigen Dingen nicht leiden.

Sei doch froh, Kalle, es wird sich bestimmt noch ein Grund finden, weiterzuleben.

Ich will mein Häuschen wiederhaben, lallte Kalle.

Fahr doch nach Königs Wusterhausen und schlag dem Typen ein paar in die Fresse.

Dann hab ich die Polizei auf dem Hals, und die Alte bleibt mir erhalten. Das Einzige, was ich will, ist in Ruhe und mit Würde sterben.

Das kann ich verstehen, sagte René. Bei uns kannst du dich mit Würde vollsaufen.

In Würde voll,
Und ohne Bürde und voller Würde,
So nehm ich jetzt die letzte Hürde,
Ich glaub, nein, ich weiß, ich hab's.
Gieß mir noch ein den letzten Schnaps,

sang Kalle Kurzweg, ließ den Kopf auf den Tisch fallen und begann sofort zu schnarchen.

Die drei wiegten bedenklich mit dem Kopf.

Hier schlafen kann er aber nicht, sagte René. Ich bin zwar ein sehr entgegenkommender Wirt, aber eine Wärmehalle betreibe ich trotzdem nicht.

Wenn der Chef kommt, und das wird bald sein, wird sich alles von alleine klären, zwitscherte Giorgina.

Vielleicht hilft ihm ein kleiner Schlummer
Weg über seinen Todeskummer,
reimten Sylvie und Ronnie gleichzeitig.

Giorgina war, nachdem sie sich ein paar Markstücke auserbeten hatte, zum einarmigen Banditen geflogen und wandte sich dem nächsten Zeitvertreib zu.

34

Gianluca dachte nicht daran, auf dem schnellsten Weg in sein Bermudaquadrat zurückzukehren. Er ging in den nächsten Sanitärladen und kaufte sich ein Stethoskop. Wenn er den medizinischen Rat von Frau Dr. Linde beherzigen wollte, musste er singen. Dazu brauchte er entsprechende Begleitung. Da er offenbar mit seinem Herzmuskel in der Lage war, eine Orchestration zu simulieren, empfahl sich ein Stethoskop durchaus als eine Art Spaziermann, mit dem Unterschied, dass dieses Gerät seine eigene Musik produzierte. Äußerlich fiel Gianluca kaum auf. Jeder dritte Mensch trug ein solches Gerät, wenn er nicht gerade einen Hund hatte. Es gibt verschiedene Wege, sich einsam zu machen. Einen Hund, mit dem man sich unterhält, Rollschuhe oder Fahrräder, mit denen man die unerträgliche Langsamkeit des Seins überholt, oder einen Spaziermann, mit dem man sich vor Umweltgeräuschen und Gesprächen auf der Straße schützen kann.

Die Leute wichen ihm aus in Erwartung eines ausgeschlagenen Beines oder Armes. Gianluca dachte immer noch über das Wort Schwermut nach. Verbunden mit der Anziehungskraft der Erde schien ihm die Begründung von Frau Doktor Linde durchaus plausibel. Doch störte diese Schwermut nicht auch das Gleichgewicht, das er seit seiner Flucht aus Italien nie wieder gefunden hatte? Und wenn er schon mit den verschiedenen Sorten von Mut spielte, was hatte er gefunden, gesucht, erfunden und versucht, um aus der untätigen Schwermut, die ihn befallen hatte, einen Gleichmut zu machen? Einen Zustand, in dem es sich halbwegs existieren ließ, ohne dass ihn sein Mut verließ und klein wurde. So ging er in Richtung Kuglerpark. Die Musik verwandelte sich in eine trübe Elegie nach der Weise des alten deutschen Volksliedes *All mein Gedanken, die ich hab, die sind bei dir.* Wenn alle Gedanken, die ich habe, bei mir wären und ich mein Sehnen nicht ständig suchen würde in diesen ewig gleichen Straßen, in denen ich jeden Tag einen neuen Menschen zu entdecken meine, könnte ich ja einen Magneten von mir werfen.

35

Den Magneten warf er nicht von seiner Brust. Dafür fiel ihm Kalle Kurzweg vor die Füße. Über ihm flatterte Giorgina.

Sie haben uns rausgeschmissen.

Das ist nicht zu übersehen, sagte Gianluca und lehnte Kalle gegen die Hauswand. Ein paar übriggebliebene Gerüstbauer verließen ebenfalls das Greifhagener Versteck und machten die handelsüblichen Bemerkungen.

Was machen wir jetzt mit ihm? fragte Giorgina.

Um 17 Uhr 17 ist er jedenfalls nicht gestorben. Am besten ist, wir setzen ihn in die S-Bahn. Wenn er aufwacht, ist er zu Hause und vielleicht so weit nüchtern, dass er sich sein Recht selbst verschafft.

Meinst du, er kann das allein? fragte Giorgina.

Wir sind nicht seine barmherzigen Tanten und Onkel.

Bei meiner Frau in Königs Wusterhausen, lallte Kalle, überkommt mich das kälteste Grausen.

Nie will ich dahin wieder zurück:

Sie stahl mir mein Haus, und sie stahl mir mein Glück.

Dafür, dass er besoffen ist, entwickelt er immer noch bemerkenswerte Fähigkeiten. Wir sollten ihn bei einer Werbefirma unterbringen, sagte Giorgina.

Mir ist nicht so zum Lachen. Auf meiner Bank ist nur Platz für einen.

Wenn ich ein Vöglein wär, lallte Kalle weiter,
und auch zwei Flügel hätt,
Flög ich zu mir.
Weils aber nicht kann sein,
Weils aber nicht kann sein,
Bleib ich beim Bier.

In der S-Bahn ist es wenigstens warm, sagte Gianluca schließlich, legte sich Kalle über die Schulter und trug ihn über die inzwischen regennasse Brücke zur S-Bahn. Auf dem Bahnsteig war es fast leer.

Gianluca setzte Kalle auf eine Bank, und sie sahen in die Fenster der Häuser am Bahndamm.

Sie warteten lange. Als die Bahn endlich kam, setzten sie Kalle hinein.

Wenn ich euch nicht hätte, schmorte ich schon längst in der Hölle, lallte Kalle noch.

Die Türen schlossen sich, und die Bahn setzte sich in Bewegung.

Den sehen wir nicht wieder, sagte Gianluca.

Da würde ich nicht so sicher sein.

Giorgina flog auf Gianlucas Schulter, und sie tauchten in die regnerische Nacht.

36

Schon am Nachmittag des 30. April waren viele Polizisten erschienen und hatten die Gegend um den Kuglerpark weiträumig abgesperrt.

In der Zeitung steht aber, sie fahren dahin, wo sie sich prügeln wollen, fragte Gianluca eine Polizistin, die halbwegs so aussah, als könne man mit ihr mehr als drei Worte reden.

Hier soll ebenfalls eine Walpurgisnacht stattfinden, sagte die Polizistin.

Aber hier spielen doch bloß die Kinder, ruhen sich die Rentner aus, und nicht ein einziger Penner, außer mir, traut sich, in diesem Park zu schlafen.

Wir haben aber den Befehl, und Befehl ist Befehl ist Befehl, und der Befehl sagt, dass wir hier aufpassen sollen.

Wenn ihr Befehl aber nun ein Fehler ist und sie fehlgeleitet sind und statt dessen zum Kollwitzplatz aufpassen gehen sollen, wo die vielen Pferdeschwanzmenschen mit den Funktelefonen sitzen.

Die Polizistin verzog das Gesicht.

Haben Sie was gegen meinen Pferdeschwanz gesagt?

Ich habe überhaupt keinen Pferdeschwanz bei Ihnen gesehen, sagte Gianluca.

Ich habe einen Pferdeschwanz, den muss ich aber unter der Mütze tragen.

Die Polizistin zog einen blonden Pferdeschwanz unter der Dienstmütze hervor, zeigte ihn kurz und versteckte ihn sofort wieder.

Wenn ich Sie wäre, sagte Giorgina, die herangeflogen kam, würde ich meinen Pferdeschwanz nicht unter so einem hässlichen Hut mit Abzeichen verstecken.

Sie sind aber nicht ich, und ich bin nicht Sie, und jetzt gehen Sie weiter und verursachen keinen Auflauf.

Ich wohne hier, sagte Gianluca. Und bin die Ursache von gar nichts.

Ich habe mich jetzt genug mit Ihnen abgegeben. Hier wohnt heute keiner. Gehen Sie weiter.

Ich will aber zu meiner Schlafbank, und meine Freundin will zu ihrem Schlafbaum.

Wenn Sie weiter hier rumstehen, können Sie auf der Wache weiterreden und weiterschlafen. Hier wird jetzt weitergegangen und nichts weiter. Kommse, gehnse.

Die Polizistin wurde abwechselnd rot und weiß. Dann stopfte sie, was an blonden Haaren zu sehen war, noch tiefer unter ihre Dienstmütze.

Was soll ich nun tun. Kommen oder gehen, wollte Gianluca sagen, verkniff es sich aber, weil Giorgina ihn ins Ohr gezwickt hatte.

Ich finde, Polizisten sind arme Menschen, sagte Giorgina auf dem Weg in die Schönhauser Allee, dauernd müssen sie aufpassen, dass nicht alle Menschen nicht machen, was sie wollen, und sie selber wollen lieber ihre blonden Haare offen tragen, was sie nicht wollen dürfen. Was darf ein Mensch wollen und was nicht, was soll er dürfen, wenn er das nicht will …

Stop, sagte Gianluca, ich verstehe nichts mehr. Ich bin jetzt müde. Ich will schlafen. Ich darf nicht schlafen, wo ich will, also muss ich mir was anderes suchen. Dein Gerede über wollen und dürfen macht mir den Kopf krank. Lass uns lieber schweigen und einen Platz finden, wo wir die Nacht verbringen können.

Sie fanden eine Stelle neben dem S-Bahnhof, wo eine riesige Baugrube ausgehoben war. Nichts erinnerte an den alten Markt, wo sie Kalle Kurzweg gefunden hatten. Eine riesige Tafel kündete vom Neubau eines großen Passagenkaufhauses. Gianluca kletterte über den Bauzaun, und sie suchten sich die letzte noch freie Ecke am Rand der Grube.

Gianluca fand Verpackungsmaterial, um sich und Giorgina zuzudecken.

Wer gesagt hat, der April sei der kälteste Monat, muss wohl geahnt haben, was uns heute Nacht unter wirklich freiem Himmel blühen wird, sagte Gianluca.

Unter diesem freien Himmel werden uns nichts als böse Träume blühen, sagte Giorgina und sehnte sich ihren Schlafbaum herbei.

Die Nacht sank kalt und mondlos über die Baustelle. Gianluca starrte noch lange in den leeren Himmel und war froh, dass er Giorgina unter seinem Herzen geschützt wusste. Irgendwann, als der Straßenlärm völlig abgeebbt war, schlief er ein.

Es dauerte nicht lange, da erschien Walpurga höchstpersönlich auf der Baustelle. Die Baustelle verwandelte sich in ein Fernsehstudio, und Gianluca saß in einem Drehstuhl. Walpurga trug eine Polizistenuniform, hatte wasserstoffblonde Haare und Silikonbrüste und hielt ihm ein Mikrofon vor den Mund. Er sollte die Frage beantworten, ob seine Arbeitsplanung darin bestünde, den Preis für den schönsten Obdachlosen von Berlin zu erringen, ob er sich bereit erkläre, dafür sein Vögelchen zu opfern und in den Exotenzoo einzuliefern. Als Gianluca sich beständig weigerte, fing Walpurga an, mit dem Mikrofon auf ihn einzuschlagen. Dabei verwandelten sich die Silikonbrüste in Luftballons, die plötzlich platzten. Walpurga bekam einen Zwirbelbart, und die Haare fielen von ihrem Kopf. Sie fragte Gianluca, ob er eine Aufenthaltsgenehmigung habe, und begann ihm Formulare in den Mund zu stopfen, die er sofort ausfüllen solle, oder er würde vom Fernsehturm gestürzt werden.

Gianluca sah sich auf dem Fernsehturm stehen und in die Tiefe des Alexanderplatzes starren.

Haben Sie auch einen Nachnamen, Walpurga? fragte er.

Ja, sagte sie, bevor Gianluca fiel.

Ich heiße Schnnnnnnneeeeeee …

Ob der Frost von innen oder von außen kam, wusste Gianluca nicht, als er morgens aufwachte. Er war nur froh, dass um ihn herum alles noch genauso leer war. Giorgina schlief immer noch ruhig an seinem Bauch. Er stand vorsichtig auf, um sie nicht zu wecken, und ging zurück in Richtung Kuglerpark.

37

Ich wusste nicht, wie er in meine Wohnung gekommen war. Einen Schlüssel hatte er nicht, die Fenster waren geschlossen. Aber irgendeinen Weg fand dieser Knabe immer, und wenn er sich dünngefastet hatte, um durch den Ofen zu mir zu kommen.

Das Erste, was ich von ihm hörte, war sein Weinen. Er stand am Fenster und schluchzte. Er stand unbeweglich gegen das Mondlicht. Als er zu weinen aufgehört hatte, drehte er sich um, kam an mein Bett und legte seinen Kopf an meine Brust.

Wo ist deine Vogelfreundin? fragte ich.

Die sitzt auf der Kastanie im Hof und unterhält sich mit den brütenden Elstern.

Ich tippte mit dem Finger an mein Hemd und schmeckte seine Tränen. Sie schmeckten nach Wasser. Völlig salzlos.

Kannst du nicht am Tag kommen? Musst du mir immer den Nachtschlaf rauben, sagte ich.

Er schwieg und starrte mich an.

Kannst du mir sagen, warum deine Tränen geschmacklos sind? fragte ich, um das Schweigen zu überbrücken.

Das musst du meine Mutter und meinen Vater fragen. Die werden sich was dabei gedacht haben. Aber die sind schon lange tot, sagte er und fing wieder an zu heulen.

Darf ich dann höflich fragen, wie du hier reingekommen bist?

Durch die Tür. Die Tür war offen. Nicht abgeschlossen, verstehst du. Nur angelehnt.

Er ließ seinen Kopf wieder auf meine Brust fallen und krallte sich in mein Hemd. Ich ließ ihn heulen. Ob ich die Tür tatsächlich offen gelassen hatte, blieb mir ein Rätsel, und wenn ich sie offen gelassen hatte, dann für mich und nicht für ihn. Aber ihm war klar, dass er inzwischen bei mir alle Türen einrennen durfte, ob sie nun geschlossen waren oder offen.

Nachdem er mein Hemd genug gewässert hatte, hob er den Kopf und sagte: Ich kann nicht mehr. Ich kann dir nicht mehr deine Wege abnehmen. Ich kann dir die Last, dich der Außenwelt auszusetzen, nicht mehr abnehmen, weil ich keine Kraft mehr habe, in Häute zu schlüpfen, die mir nicht passen, und Identitäten anzunehmen, gegen die sich mein Körper sträubt.

Stopp mal, mein Lieber, kein Mensch hat dich darum gebeten. Und was du da draußen veranstaltest, hat mit mir nichts zu tun. Ob du Zollbeamte verarschst, blonde Polizistinnen am Pferdeschwanz ziehst oder im Asienpuff die Mädchen beleidigst, weil du sie mit verwelkten Witwen vergleichst und dann nicht mal die Rechnung bezahlst – ich weiß alles. Bei mir klingelt jeden Tag das Telefon, und die Leute beschweren sich. Es macht dir offensichtlich Spaß. Also hör auf, mir die Ohren vollzuheulen, sonst schmeiße ich dich raus.

Vom Kastanienbaum auf dem Hof erklang angeregtes Gezwitscher. Für diese Nachtzeit war das ungewöhnlich. Wahrscheinlich machte Giorgina zwischen den Ästen denselben Seelenterror wie Gianluca auf meiner Bettkante. Der lauschte angestrengt, als könne er die nächtlichen Erörterungen seiner Freundin verstehen.

Wie wäre es, wenn wir mal die Rollen tauschten. Du gehst auf die Straße, und ich verbringe den Tag in deiner Wohnung. Du gehst an meiner Stelle zu den Ämtern, und ich vollziehe dein Einsiedlerdasein zu Hause, glotze aus dem Fenster, beschimpfe den Fernsehapparat oder höre den ganzen Tag Schlager aus den siebziger Jahren aus deinen Kopfhörern.

Sein Gesicht wurde schmal, und er setzte ein grausames Grinsen auf. Ich erschrak. Das war etwas völlig Neues.

Du meinst, die da drüben tun es genauso: Sie lassen dein Rotkehlchen ihre Elstereier ausbrüten und machen sich selbst vom Hof, um die weite Welt kennenzulernen, was? fragte ich.

Wir sind keine Vögel, sagte er, und können nicht fliegen.

Das sind Weisheiten, die kannst du dir hinter deinen Spiegel stecken, davon kann ich meine Miete auch nicht zahlen.

Wenn ich jetzt einen Meißel an seinen Mund angesetzt und zugeschlagen hätte, wäre sicher ein Ziegelstein aus seinem Gesicht herausgebrochen.

Um dem granitenen Schweigen, das für zehn Minuten einsetzte, auszuweichen, schlug ich ihm vor, meinen Mülleimer runterzubringen und seinem schwatzhaften Vogel auf dem Baum mitzuteilen, dass ich noch eine Handgranate Boonekamp in einem sicheren Versteck bereithalten würde.

Er reagierte nicht. Genausowenig ließ er sich von der Bettkante schubsen. Er starrte unbeweglich auf einen Punkt an meiner Wand, als wollte er sich ein Loch bohren, um darin zu verschwinden. Durch den einfallenden Widerschein des Mondes sah ich mein Gesicht in seinen Augen. Ich bewegte die Hand davor, um ihn aus dieser Abwesenheit zu wecken. Erst als ein Geschrei vom Hof erscholl, erwachte er wieder aus der Starre und sah mich an, als sei nichts passiert.

Auf dem Fensterbrett saßen Giorgina und das Elsternehepaar aus dem Kastanienbaum. Sie hatten sich offensichtlich über den Rollentausch geeinigt, denn alle drei hatten zufriedene Gesichter. Gesichter, wie Manager sie haben, wenn sie ein Geschäft zum gegenseitigen Vorteil abgeschlossen haben.

Die Vögel haben es einfacher, sagte Gianluca plötzlich.

Das Küken ist schon geschlüpft, und ab morgen habe ich für einen Tag die Rolle des Au-pair-Mädchens übernommen, zwitscherte Giorgina. Und wie sieht es bei euch aus?

Gianluca drehte den Kopf zu mir und grinste.

Er ist kein Vogel und kann nicht fliegen. Er sitzt lieber vor dem Fenster und starrt auf die Straße. Und wenn gegenüber ein Licht angeht, bricht für ihn eine Welt auf. Der brütet auch, der brütet an sich selbst. Der brütet sich selbst ohne Ergebnis aus. Einen Eigenbrütler nennt man so was hier.

Ich hätte ihm gerne eins in die Fresse gehauen, aber die drei Vögel neigten die Köpfe zur Seite, und ich machte die Faust auf.

Für einen Tag lasse ich mich überreden, das Haus zu verlassen. Aber nur für einen Tag. Und es hängt davon ab, was an diesem Tag passieren soll.

Keiner hätte geglaubt, dass er vor nicht ganz drei Minuten noch den toten Mann markiert hatte. Je länger er auf meiner Bettkante saß, desto fremder wurde er mir.

Für morgen habe ich eine Vorladung von der Ausländerbehörde des Einwohnermeldeamtes Berlin. Das ist genau der Weg, den du mir abnehmen kannst, sagte er.

Die drei Vögel kicherten vor sich hin. Eine Wolke schob sich vor den bleichfahlen Mond. Irgendetwas drehte sich in meinem Kopf. Ich schloss die Augen.

38

Als ich aufwachte, waren die Vögel auf dem Hof und Gianluca saß mit meinen besten Sachen auf dem Sofa. Auf meiner Bettdecke lag die Vorladung zu einem Gespräch in der Ausländerbehörde. Daneben Gianlucas Klamotten. Ich verbrachte den Rest der Nacht damit, mich in diesen Knaben zu verwandeln oder zumindest in das, was ich mir von ihm vorstellte. Längst verstorbene Erkenntnistheoretiker sagten, eine Außenwelt sei in mein Inneres übergegangen und es wäre jetzt meine Aufgabe, seine Innenwelt nach außen zu tragen. Seine Schuhe waren mir viel zu klein, in die Hosen dagegen hätte ich zwei Mal gepasst. Nur der dunkelrote Zylinder schien wie für mich gemacht zu sein. Was er und seine gefiederte Freundin planten, war mir egal. Zumindest bis zum Ende dieses Tages.

Ich ging in die Küche, kochte mir einen starken Kaffee und sah aus dem Fenster. Auf dem Kastanienbaum war es gespenstisch still. Ich dachte über das Wesen von Identität nach und stellte fest, dass es so etwas mit hundertprozentiger Sicherheit zumindest bei mir nicht mehr gab.

Als ich im Klospiegel mein Gesicht erblickte, sagte ich dem Mann, den ich da sah, dass ich ihn heute nicht rasieren würde. Aus rein verwaltungstechnischen Gründen. Nur meine blauen Augen können noch verraten, wer in Wirklichkeit zu sein ich mein ganzes Leben vorgegeben hatte. Ich setzte eine sehr dunkle Sonnenbrille darüber, kippte mir den Rest eines abgestandenen Rasierwassers ins Gesicht und einen absoluten Wodka in den Hals. Nicht mal ein Fährtenhund hätte mich an meinem Geruch aufspüren können.

Ich sprang die Treppen hinunter und ging auf die Straße. Es war immer noch sehr still. Ich hatte viel Zeit und nahm mir vor, zur Ausländerbehörde zu laufen.

Als ich mich nach ihm umdrehte, winkte er fröhlich aus dem Fenster.

Ohne Hut sah er unvollständig aus.

39

Giorgina saß jetzt allein auf dem Kastanienbaum. Die beiden Elstern waren in Richtung Stadtzentrum geflogen. Das Kükenkind war noch zu klein, als dass sie mit ihm reden konnte, sah sie aber sehnsuchtsvoll aus seinem Nest heraus an, so als wollte es sagen: Nun unterhalte mich mal. Ich erwarte von dir, dass in diesem Baum endlich mal die Post abgeht.

Giorgina strengte ihren Kopf an, rieb sich das Gefieder und blätterte in Gedanken durch eins der ornithologischen Fachbücher, das vor langer Zeit mit der Verwandlung in ein Rotkehlchen in ihren Gehirnkasten geraten war.

Elstern sind diebisch und vor allem auf glänzende und blitzende Dinge scharf. Beim Stehlen stellen sie sich besonders geschickt an und werden selten dabei erwischt.

Besonders diebisch scheinen deine Eltern aber nicht zu sein, sagte Giorgina zu dem Elsterkind. Der Baum sieht ziemlich kahl aus.

Das Kind nickte.

Findest du nicht auch, dass wir diesem schmucklosen Zustand ein Ende machen sollten?

Das Kind nickte, und seine Augen wurden größer.

Du meinst also, ich soll mich auf den Weg machen und Abhilfe schaffen? Auch wenn ich die Aufsichtspflicht verletze und dich entgegen meinem Versprechen allein lasse?

Das Kind nickte noch eifriger und deutete hilflose Flugversuche an.

Du musst mir aber versprechen, dass du still im Nest liegen bleibst und wartest, bis ich wiederkomme.

Das Kind kam aus dem Nicken nicht mehr heraus.

Giorgina ließ ihren Blick über die Fensterfronten der umliegenden Häuser schweifen. Die Sonne schien, und fast überall waren die Fenster geöffnet. Sie lächelte tief in sich hinein und flog los.

Schön, mal ohne Kind zu sein, sagte die Elster zu ihrem Gatten, als sie die Straße Unter den Linden erreicht hatten.

Schön, mal etwas weiter zu fliegen und etwas anderes zu sehen als nur unseren Hinterhof, sagte der Elstermann.

Sie erreichten den Kopf Friedrichs des Zweiten und setzten sich darauf. Dabei verscheuchten sie eine Taube, die sich gerade anschickte, ihr Geschäft auf den Dreispitz des alten Fritzen zu verrichten.

Ich muss aber auch mal, sagte die Elster zu ihrem Mann.

Der sah sie entsetzt an und sagte: Ein Weilchen wirst du es dir wohl verkneifen können, meine Liebe.

Er genoss es sichtlich, der Enge des kleinen Hofs entronnen zu sein, während die Elster bei jedem über sie hinwegfliegenden Flugzeug zusammenzuckte, und als dann noch ein paar Hubschrauber herangeflogen kamen, verkroch sie sich unter den Flügeln ihres Mannes.

Ein Staatsbesuch, sagte der Elstermann, und wies mit dem Flügel auf die Straße, auf der eine lange Schlange schwarzer Karossen vorbeidefilierte. Im ersten offenen Wagen standen zwei dicke grauhaarige Männer. Der eine erklärte dem anderen die Gebäude. Der hörte nicht zu und sog lieber an einem kleinen Flachmann, den er von Zeit zu Zeit heimlich aus der Jackentasche holte. Das sind die Präsidenten von …

Kikeri, die holde Jungfrau ist wieder hie, kreischte die Elster. Es ist mir piepegal, was für Präsidenten das sind. Ich muss mal, und wenn wir nicht bald hier wegfliegen, mache ich diesem Dreieckstråger seinen Hut voll.

Ich hätte dich zu Hause bei dem Kind lassen sollen, sagte der Elstermann verärgert. Sie flogen die Linden entlang bis zum Reichstag. Der Mann der Elster genoss es, seine Gattin litt. Kurz vor dem Brandenburger Tor entschloss sie sich, alle Ehrfurcht fahren zu lassen und entleerte sich genau über dem Kopf eines Präsidenten. Es war der gastgebende Präsident. Die herumlungernden Sicherheitsbeamten und Polizisten konnten sich ein Grinsen nicht verkneifen. Der Chef dieses Kordons dachte: Gegen schießende Terroristen haben wir sogar Hubschrauber im Einsatz, gegen scheißende Elstern sind wir machtlos. Da Herr Elster voranflog, wie es Ehegatten meistens tun, merkte er nichts davon und steuerte zielsicher auf das Dach des Reichstages zu. Als sie gelandet waren, bemerkte er zu seinem großen Erstaunen, dass seine Frau wieder ein fröhliches Gesicht hatte. Dann sah er die eingefärbte Spur auf der Fallschirmseide, mit der der Reichstag zur Zeit eingepackt war, und er konnte sich den Stimmungswandel seiner Frau erklären.

40

Gianlucas Kleider und sein Hut brauchten mich nicht fremd zu machen. Ich war es schon.

Auf der Allee wurde ich von einem Zwielicht geblendet, wie ich es bisher nur aus Träumen kannte, in denen verstorbene Bekannte aufgetreten waren.

Die Tageszeit, in der die letzten Säufer den Weg nach Hause gefunden hatten und die arbeitenden Leute noch nicht auf die Straße gehen mussten, war das Zeitloch, in dem ich mich jetzt langsam die Allee hinunterbewegte. Die Häuser, die Straßenzüge, die U-Bahntraverse, die Läden, an deren Fenstern oft das Schild *zu vermieten* oder *zu verkaufen* stand, kamen mir bekannt, aber gleichzeitig fremd vor durch das andere Licht, in das sie getaucht waren. Meine Umgebung wurde zum Schonmalgesehen, aber nicht an diesem Ort. Déjà-vus, dachte ich, hat jemand an einem wirklich fremden Ort, nicht in seiner unmittelbaren Umgebung. Dabei spielte nicht mal die Tatsache eine Rolle, dass in den letzten Jahren die Läden ihre Besitzer und manche Straßen ihre Namen gewechselt hatten. Auch dass Häuser in Lücken gebaut wurden, in denen bis vor ein paar Monaten nichts als unzerstörte Ruinen gestanden hatten, war nicht der Grund für das Unbehagen, das ich beim Gehen durch diese Straßen verspürte. Vielleicht hatte ich mich innerlich schon darauf eingestellt, als Auswärtiger zu gelten, und mein Körper sandte mir jetzt ängstliche Signale, mich damit abzufinden.

Erst als ich in die rund um die Uhr geöffnete Bar Florida eintrat, wurde mir klar, dass durch Gianlucas Kleider ein Teil seiner Natur in mich übergegangen war. Bei dem höhnischen Grinsen des Barkeepers, den ich kannte, wurde mir bewusst, was diese Kostümierung aus mir gemacht hatte.

So wie du aussiehst, wird es wohl heute nicht bei einem großen Kaffee bleiben.

Warum? fragte ich.

So wie du kostümiert bist, machst du eher den Eindruck, als seist du von einer Fiesta Mexicana für Transvestiten übrig geblieben.

So kann man es auch sehen, dachte ich und bestellte trotzdem meinen Kaffee.

Wir schwiegen einen Weile, aber ich konnte sehen, wie dem Barkeeper vor Neugier die Augen überliefen.

Wenn du es wirklich wissen willst: Dieser Hut ist ein Geschenk eines teuren italienischen Freundes, der mich unverhofft besucht hat. Es wäre eine Beleidigung für ihn, wenn ich ihn nicht aufgesetzt hätte.

Wer früh um fünf mit einem solchen Zylinder durch das Prenzlauer Gebirge rennt und nicht mal einen Tequila trinkt, kann nicht ganz rund laufen.

Wer in diesem Gebirge nicht ganz rund läuft, möcht ich mal dahingestellt lassen, sagte ich und stellte fest, dass ich trotz meines Befremdens über die Situation, die Zeiten und die Orte, in denen ich mich bewegte, doch noch nicht ganz ins Schweigen verfallen war.

Der Barkeeper beäugte mich die ganze Zeit mal misstrauisch, mal spöttisch und trocknete dabei Gläser ab. Er hatte nichts anderes zu tun. Ich trank meinen Kaffee aus, legte ohne ein weiteres Wort das Geld auf den Tresen und ging wieder auf die Straße.

Draußen war es inzwischen völlig hell geworden.

Ich fing an, mich an meine neue Rolle zu gewöhnen und den taxierenden Blicken der Passanten mit frechem Grinsen zu begegnen. Ganz wohl fühlte ich mich nicht in meiner Haut, und allmählich begann ich mir auch Gedanken darüber zu machen, was Gianluca wohl in meiner Wohnung anstellen würde.

41

In meiner Wohnung brauchte er keinen Hut. Er fühlte sich hier anders behütet als draußen. Und viel sauberer war es in meiner Wohnung auch nicht. Nur ein Dach hatte er über dem Kopf, damit es nicht hineinregnete.

Konnte es nicht. Draußen schien die Sonne. Die Bewohner der Straße hatten alle Fenster aufgemacht.

Wenn sie jetzt noch ein bisschen aus den Fenstern rausbrüllen würden, dachte Gianluca, wäre es wie bei mir zu Hause. Und Wäscheleinen müssten über die Straße hängen, dann wäre es noch mehr wie bei mir zu Hause. Statt dessen stellen die Leute Wäschetrockner auf ihren Balkon, und wenn sie keinen Balkon haben, stellen sie ihre Wäschetrockner in ihre Zimmer. Dabei würde die Wäsche im Sommerwind viel schneller trocknen, wenn sich die Leute einigen könnten, Leinen über die Straße zu spannen. So steht die Wäsche vor dem laufenden Fernsehapparat und wird vor lauter Entsetzen über das Programm nie richtig trocken. Vielleicht sind zu viele Abgase in der Straße, dachte Gianluca weiter, die Wäsche könnte den Geruch des Benzins annehmen, und wenn dann noch die Tierexkremente zum Himmel stinken, die Wäsche bekäme die aprilene Frische nicht, die in der Werbung hoch und scheinheilig versprochen wurde.

Gianluca zerbrach sich meinen Kopf, denn genau dasselbe dachte ich auch, wenn ich aus dem Fenster sah und meinen Unmut an allen vorbeilaufenden Lebewesen ausließ.

Er schloss die Fenster, zog die Gardinen zu, ließ auch den Fernseher vorerst schweigen und stellte sich vor, was ich in einer solchen Lage denken und tun würde, wenn ich auf meinem Sessel sitze und über den Sinn meines wohnhaften Lebens nachdenke. Außer Papier und Staub sah er nichts. Das Papier hatte Köpfe, und es stand unter diesen Köpfen immer dasselbe: Hiermit bestätigen wir den Eingang Ihres Schreibens vom … müssen wir Ihnen leider mitteilen, dass … Ihr Antrag ist registriert worden unter der Nummer … unsere Öffnungszeiten sind … wenn wir absehen … mit freundlichen Grüßen.

Der Text war überall derselbe.

Solchen Papieren gehört der Kopf abgeschnitten, dachte Gianluca. Eine Schere wird dieser Mensch wohl besitzen.

Ich besaß mehrere Scheren, wie er gerade entdeckte. Eine Papierschere, eine Schere für die Fingernägel, eine Schere für die Fußnägel, eine Geflügelschere und eine große Schneiderschere. Was will er mit dieser Waffensammlung, dachte Gianluca und begann, mit der kleinsten Schere wunderbare runde Löcher in die Amtspapiere zu schneiden und sich daraus Masken zu basteln. Darauf konnte er dann außerdem fantastische Gesichter malen, damit er aussah wie eine echte Blumenrabatte, die vor dem Arbeitsamt VII ihre menschenfreundliche Aufgabe als Stimmungsverbesserungskanone ausübte. Die Briefe, die dieser Mensch kriegt, dachte Gianluca, können alle nur von einer Unperson stammen. Diese Unperson ist eine Computermaus mit vielen Briefköpfen. Diese Maus sitzt im Mittelpunkt der Erde und verschickt immer denselben Text an ihn. Deshalb hat der Mensch, der hier eigentlich wohnt, Angst, auf die Straße zu gehen. Denn dann müsste er bis zum Mittelpunkt der Erde steigen, um dieser Maus die Köpfe abzuschneiden.

Ritsch, ratsch. Die Schneiderschere. Jetzt benutzte er die Schneiderschere.

Ein neuer Text entstand.

Hier teilen wir leider mit Ihnen die Grüße am Eingang ist der Antrag freundlich und bitten wir Ihnen wenn wir absehen dass unsere Öffnungszeiten am Ausgang Ihrer Unterlagen zur Verfügung registriert wurden und bestätigt.

Gezeichnet qeqwewerrtzuiopü, äähmm: A. Tomate. U.

Atomateu, der Mann, der die Welt von der papierenen Globalisierung befreit!

Wunderbare Arbeit, dachte Gianluca, als er diese Neufassung des Textes mit einem Sofortklebestift an die Wand klebte. Wenn die Amtswelt auf eine solche Weise neu zu organisieren ist, kann die Welt noch nicht ganz verloren sein.

Plötzlich stieß er auf einen Brief, der ihm Angst machte:

Berlin, am 22. Januar 1997

Sehr geehrter Herr Brasch.

Wie wir hörten, arbeiten Sie an einer Geschichte über einen sardischen Propheten namens Giovanni Lollobridgida, der von einer rosa Wolke nach Amerika getragen wird. Uns interessiert diese Geschichte, aber wir finden das Motiv der Rosa Wolke einigermaßen romantisch und können keinen unmittelbaren Relationsbezug zu unserer Bedeutungsrolle darin finden. Wir wüssten gern, warum ein sardischer Prophet, der mit Frau Lollobridgida verwandt ist, ausgerechnet auf der Fifth Avenue erscheinen muss, wo wir doch jetzt alle so froh sind, dass wir alle ins sonnige Italien fahren können. Bitte erklären Sie uns das motiviert und projektbezogen, damit wir entscheiden können, ob wir damit einverstanden sein können oder nicht. Freundschaft Ihre Wilfriede Winzberg-Gaglig. Verlag »Die Aufgerissene Scheuklappe«.

Jetzt bin ich es, der ihm eins in die Fresse haut. Wer aus meinem Leben einen Roman machen will, ohne daran teilzunehmen, wird es schwer bereuen. Er zerriss den Brief und warf die Fetzen auf die Straße. Es wurde endlich Zeit, dass sich einer seiner Angelegenheiten auf diese Art und Weise annimmt, dachte Gianluca. Jetzt erst bekam mein Leben seinen Sinn – Jetzt erst bekam sein Leben meinen Sinn.

42

Frau Kraftschick hatte nur darauf gewartet, dass irgendetwas auf dem Kastanienbaum passieren würde. Frau Kraftschick hatte die Augen und Ohren in diesem Haus überall, obwohl sie schlecht hörte und auch nicht besonders gut sah. Deshalb war ihr auch von vornherein klar, dass dieses rote Vögelchen irgendwann bei ihr landen würde. Nur dass dieser Vogel auch mit ihr sprach, verschlug ihr im ersten Moment die Sprache. Dass sie trotz ihres hohen Alters von dreiundneunzig immer noch kein Hörgerät trug, lag an ihrer noch anhaltenden Jugend und der dazugehörigen Portion Eitelkeit. Giorgina flog nach einer kurzen Schleife über die Häuser direkt auf Frau Kraftschicks Küchenfenster. Schon von Weitem hatte sie die goldenen Ringe an ihren Ohren blitzen sehen.

Dürfte ich um Ihre Ohrringe bitten, mein Fräulein, sagte Giorgina.

Frau Kraftschick drehte sich um, als käme die Stimme aus dem hinteren Teil der Küche.

Das habe ich dir nicht beigebracht, Hansi, rief sie viel zu laut. Aus dem Käfig auf der Küchenanrichte kam ein klägliches Piepsen.

Es ist nicht ihr Kanarienvogel, Frau Kraftschick. Ich bin es, die Ersatzmutter des Elsterkindes.

Giorgina sah Frau Kraftschick direkt ins Gesicht.

Dass du ein komischer Vogel bist, habe ich gleich gesehen, aber dass du auch reden kannst, ist für mich alte Frau doch etwas Neues, sagte Frau Kraftschick.

Geben Sie mir nun Ihre Ohrringe oder nicht?

Wozu brauchst du meine Ohrringe?

Giorgina plusterte sich etwas: Das Elsterkind braucht etwas zu spielen, sonst wird es nicht groß.

Und dafür müssen ausgerechnet meine alten Ohrringe herhalten? Fällt dir nichts anderes ein? Meine Ohrringe sind Erinnerungsstücke an meinen Mann, und der ist schon sehr lange tot. Die kann ich nicht hergeben.

Frau Kraftschick sah Giorgina lange an und dachte nach.

Aber ich will dir helfen, weil du mir sympathisch bist. Ich kenne mich aus in dieser Straße. Hier wohnen ein Haufen alter Weiber mit einem Haufen alten Schmuck, den sie nicht brauchen, weil sie ihre Männer noch haben. Und auf der anderen Seite wohnt die Heilsarmee, die haben viele Pokale, glitzernde Bänder und allen Flitterkram, den du dir vorstellen kannst. Wenn du von hinten ins Lager fliegst, kannst du dich in Ruhe bedienen.

Wundervoll, sagte Giorgina, und wie komme ich zu der Ehre dieser heißen Tipps?

Weil du mir gefällst, mein Vögelchen, und weil du das erste Lebewesen seit Wochen bist, mit dem ich reden kann.

Das ganze Haus ist verstockt. Meine Nachbarin, die Nebel, betet den ganzen Tag oder lauscht an der Tür, und der über mir glotzt den ganzen Tag aus dem Fenster und tut so, als ob er nachdenkt.

Giorgina flog zu Kraftschick auf die Schulter und pickte sie zärtlich am Ohr.

Auf diese Bekanntschaft trinken wir einen, sagte Frau Kraftschick. Ich habe noch einen erstklassigen Eierlikör im Schrank.

Da sage ich nicht nein, sagte Giorgina.

Frau Kraftschick schlurfte zu ihrer Minibar und dachte darüber nach, warum sie den Vogel so gut hören konnte. Giorgina wartete ungeduldig, wetzte den Schnabel und dachte darüber nach, ob Frau Kraftschick nicht irgendwie verwandt mit Frau Schickedanz vom Alexanderplatz sei.

43

Nach zwei Stunden Laufens hatte ich die Behörde gefunden. Es war die falsche. Es war das Amt für Flüchtlinge, die aus Kriegsgebieten kamen. Vielleicht geht es auf der Insel Sizilien nicht immer ganz friedlich zu, aber ein Kriegsgebiet ist es deshalb noch nicht, dachte ich, während ich mir die Leute ansah, die darauf warteten, in das Haus eingeladen zu werden. Sie sahen mich an, als gehörte ich nicht hierher. Zum Teil mit Angst, zum Teil mit Spott wegen meines Aufzuges. Die Kinder nahmen eher an, ich sei der liebe Kaspar von irgendeinem außerirdischen Spielplatz, und sahen mich mit großen Augen an. Ich hätte mich zu ihnen auf die Wiese setzen und alles Mögliche und Unmögliche erzählen können, um sie abzulenken von der würdelosen Lage, in der sie sich befanden. Aber ich fühlte mich um keinen Deut besser als sie, auch wenn ich aus einer friedlicheren Gegend kam.

Zum Hohn trug dieser Ort auch noch den völlig irritierenden Namen: Hohenschönhausen.

Ich beeilte mich, zu verschwinden.

Für Gianluca war das Referat Ausländerangelegenheiten für Bürger der EU, der EFTA und sonstige besondere Staatsgruppen zuständig. So las ich es im Telefonbuch. Dieses besondere Staatsgruppenamt lag am anderen Ende der Stadt.

Um der Angelegenheit noch mehr Besonderheit zu verleihen, nahm ich mir ein Taxi. Der Taxifahrer war ein freundlicher Libanese, mit dem ich schon vorher gebrochen Deutsch üben konnte. Rollendes R und ungekonnte Umlaute beherrschte ich perfekt. Kein Wunder, ich hatte Gianluca lange genug zuhören müssen. Wir unterhielten uns über die großen Kräne im Zentrum der Stadt, und er erzählte mir über den kaputten Ziehbrunnen in seinem Heimatdorf.

Vor dem nächsten Amt war es fast genauso voll wie beim ersten. Aber die wartenden Leute sahen nicht ganz so hoffnungslos und traurig aus. Viele hatten dieses Amt wohl schon öfter besucht und vertrieben sich die Zeit mit Kartenspielen und dem Verzehren ihrer Nationalgerichte. Ein blinder Geruchsanalytiker hätte hier seine wahre Freude gehabt und würde in der Ratesendung »Woher bin ich«, wenn es sie gäbe, den ersten Preis gewonnen haben. Es roch nach Muscheln in Weißwein, Thunfisch, Knoblauchbrot, irischem und schottischem Whisky und Hammelfleisch. Ich setzte mich in die äußerste Ecke und wartete. Niemand würdigte mich eines Blickes. Ich konnte in Ruhe meinen Meldezettel ausfüllen. Das war schwer genug, weil mir beim Schreiben immer meine eigenen Personalien einfielen.

Nach zwanzig Minuten hatte ich den Zettel fertig geschrieben, und es dauerte noch einmal eine Stunde, bis man mich aufrief. Als der Name Cardinale durch den Wartesaal hallte, drehten sich ein paar ältere Herren verwundert um und konnten sich, als sie mich sahen, ein Grinsen nicht verkneifen. Vielleicht sah ich wirklich aus wie die männliche Ausgabe der Zigeunerin Esmeralda. Ich überstand den kleinen Spießrutenlauf mit den anzüglichen Bemerkungen mit Würde und wurde von einem zwei Meter großen Mann mit einer sehr modischen Brille und einem Zwirbelbart empfangen. Er lächelte jovial und bot mir einen Platz an.

Haben Sie denn nun eine Wohnung und Arbeit gefunden?

Ich versuchte sehr betreten auszusehen und schüttelte den Kopf.

Sie wissen, dass Ihre Aufenthaltsgenehmigung ausläuft, wenn Sie nicht bald nachweisen können, wo Sie wohnen und wovon Sie sich ernähren, sagte der Zwei-Meter-Mann.

Ich nickte.

Und wie stellen Sie sich das vor?

Ich zuckte die Achseln. Alles sehr schwer in Deutschland, sagte ich.

Der Mann blickte sehr ernst. Ich habe hier eine Menge Beschwerden gegen Sie, Cardinale. Ruhestörender Lärm und Irreführung der Behörden sind noch das Geringste.

Ich nickte und dachte darüber nach, was mein nächtlicher Gast in der gesamten Zeit wohl noch angestellt haben könnte.

Wenn sich nicht bald was ändert, kann ich Ihre Aufenthaltsgenehmigung nicht weiter verlängern.

Er schwieg eine Weile und sah mich mit immer kälter blickenden Augen an.

Zeigen Sie mir überhaupt mal Ihre Aufenthaltserlaubnis. Ich griff mechanisch in die Innentasche meiner Jacke, wie ich es von früher gewohnt war, wenn ich mich bei einer nächtlichen Kontrolle ausweisen musste. Ich holte meine Brieftasche heraus und zog ein kleines blaues Heft hervor. Darauf ein Emblem mit Hammer und Zirkel und Ährenkranz, unter dem stand »Deutsche Demokratische

Republik«. Der Schreck lähmte mich für ein paar Sekunden. Zeit genug für den Zwei-Meter-Mann, hinter seinem Schreibtisch hervorzukommen, mir diesen alten Ausweis aus der Hand zu reißen, ihn aufzuschlagen und entsetzt hineinzustarren.

Der Mann wurde weiß im Gesicht. Er fragte nicht, woher ich diesen Ausweis habe. Er verglich das Passbild mit meinem Gesicht und versuchte ruhig zu atmen. In diesem Moment begriff ich, dass dieser Mann früher auch einmal Inhaber eines solchen Ausweises gewesen sein musste. Ich nutzte diesen Moment der Starre, riss ihm den Ausweis aus der Hand und rannte aus dem Zimmer. Als ich auf der Straße war, hörte ich ihn schreien: Warum ist dieser Ausweis noch nicht umgetauscht oder ungültig gestempelt?!

Als ich in das Taxi stieg, dachte ich darüber nach, welche amtlichen Obliegenheiten ich in den letzten Jahren einfach versäumt hatte und dass ich jetzt von Glück reden konnte, dass dieser Mann, genau wie ich, Bürger eines nicht mehr existierenden Staates war und mir wahrscheinlich auch keine weiterreichenden Fragen hatte stellen können. Erschrocken war ich, dass sich dieses kleine Heft immer noch in meiner Brieftasche befand.

Ein sentimentaler Nostalgieschub wollte sich nicht einstellen, ebensowenig wie eine böse Erinnerung.

Je weiter sich das Taxi entfernte, desto freier konnte ich atmen und kurz vor Ende der Fahrt fing ich an zu lachen. Ich stellte mir vor, dass ich eigentlich nicht existierte.

Genausowenig wie es dieses Land noch gab.

Ich sah mich als Geist auf dem Alexanderplatz herumgehen und Leute nach ihrer Herkunft fragen. Keiner konnte mir eine befriedigende Antwort geben, aber alle hatten ein kleines, leeres Heft bei sich und baten mich, etwas Komisches über ihre Herkunft und ihre Zukunft hineinzuschreiben …

Der Taxifahrer hielt vor der Tür meines Hauses und wartete geduldig, bis ich aus meinen Wachträumen erwachte. Ich zahlte und stieg aus. Ich spürte, wie er mir noch eine Weile hinterhersah. Vielleicht überlegte er, ob ich nicht aus einer geschlossenen Anstalt ausgebrochen sei.

44

Die geschlossene Anstalt fand ich in meiner Wohnung vor. Gianluca saß in der äußersten Ecke des Zimmers. Die Vorhänge waren immer noch zugezogen. Auf dem Fußboden befand sich eine Kopplung aus Großflugplatz und Überseehafen. Gianluca hatte alle meine Papiere dazu verwendet, Schiffe und Flugzeuge zu falten. Außer der Stelle, an der er saß und in eine angeschaltete Lampe blinzelte, gab es kaum noch Platz zum Gehen. Weil ich dieses Gebilde nicht zerstören wollte, brauchte ich eine Weile, um zu ihm zu kommen.

Hast du alles erledigt? fragte er, ohne mich anzusehen.

Ja, sagte ich. Es ist alles in Ordnung.

Und dass du planst, eine Seifenoper über einen sardischen Propheten in New York zu schreiben, findest du auch in Ordnung?

Davon höre ich heute zum ersten Mal.

Dann muss ich es mir wohl wieder einmal eingebildet haben. Und wie findest du das? fragte er und zeigte auf seine Verkehrsinstallation auf dem Fußboden.

Das finde ich auch in Ordnung, sagte ich. Trotzdem sollten wir das Fenster aufmachen und mal nachsehen, wie es Giorgina geht.

Es war gespenstisch still draußen. Wir gruppierten die Schiffe und Flugzeuge in einer schmalen Startreihe, damit wir an das Fenster kamen. Ich zog die Gardinen beiseite. Auf dem Hof bot sich uns ein seltsames Bild. Die Kastanie war von oben bis unten mit Weihnachtskugeln, Lametta und anderem Silber- und Gold-Talmi geschmückt. Auch vereinzelte echte Schmuckstücke waren zu erkennen. In dem am festlichsten ausstaffierten Nest saß Giorgina mit der Elsterfamilie und sah andächtig in den blauen Himmel. Am Fuß des Baumes befestigte Frau Kraftschick die letzten Kerzen der Weihnachtsbaumbeleuchtung. So als würde sie es jedes Jahr um diese Jahreszeit tun, ging sie mit dem Stromkabel in den Keller. Nach ein paar Momenten blitzte es im Baum, und neben dem Sonnenlicht erstrahlte die Hofkastanie in einem Glanz, den ein einfacher Weihnachtsbaum am 24. Dezember nie erreichen kann.

Ich setzte mich auf den Fußboden. Gianluca saß schon wieder dort und starrte durch mich hindurch. Ich wusste nicht, ob ich lachen oder ihn anbrüllen sollte.

Das war das erste und das letzte Mal, dass ich die Kastanien für dich aus dem Feuer geholt habe, sagte ich und schloss die Augen.

Und wenn du versuchst, auf meine Kosten den Nobelliteratur-Preis zu kriegen, dann schlage ich dich tot.

Als ich wieder aufwachte, war er nicht mehr da.

Ich sah aus dem Fenster. Die Dämmerung fiel über den immer noch leuchtenden Kastanienbaum. Ich zog die Gardinen zu und ging schlafen.

45

An einem heißen Sommermittag erblickten sie schräg gegenüber dem Greifhagener Versteck eine neueröffnete Kneipe. *Mosaik* hieß der Laden und war sehr klein und – was für eine Überraschung! – ein Pizzageschäft.

Ich glaube, so viel Pizza-und Spaghettiläden gibt es in ganz Rom nicht, sagte Giorgina.

Vor allem keine, die von Rumänen, Albanern, Türken und Griechen betrieben werden, sagte Gianluca. Kannst du dir einen Deutschen vorstellen, der in Neapel Bockwurst oder Eisbein mit Sauerkraut verkauft?

Nein, sagte Giorgina, ich kann mir in Italien nur einen Deutschen vorstellen, der dorthin sein eigene Leberwurst mitbringt.

Gehen wir nun in dieses neue Etablissement, Gianluca, oder besuchen wir Ronnie, Sylvie und René?

Du hast da noch eine Rechnung offen, meine Liebe, und wir müssen erst sehen, wie wir zu Geld kommen. Außerdem könntest du ausnahmsweise mal einen Mineralwassertag einlegen.

Zu Befehl, Chef. Mineralwasser, sagte Giorgina spitz und salutierte mit dem rechten Flügel.

Sie setzten sich in den Schatten des Mosaik. Kurz darauf kam ein kleiner Mann, der freundlich lächelte und dessen Haaransatz sich bereits etwas traurig nach hinten verschoben hatte.

Welche Pizza hätten Sie denn gern, mein Herr.

Sie hatten wirklich schon lange keine Pizza mehr gegessen. Gianluca dachte nach. Und Giorgina überlegte, welche Nationalität dieser Pizzabäcker wohl haben könnte.

Dann geschah etwas Eigenartiges. Gianluca hatte es die Sprache verschlagen. Er konnte nicht antworten. Ihm fiel kein einziges deutsches Wort mehr ein. Seine Kehle schwoll an, und er wurde rot im Gesicht. Der freundliche Kellner wartete geduldig.

Do you speak english? fragte er nach einer Weile.

Gianluca nickte.

Which pizza do you prefer? fragte der Kellner.

Gianluca schüttelte den Kopf.

En français? fragte der Kellner immer noch geduldig.

Gianluca nickte.

Quelle pizza préferez-vous, Monsieur?

Gianluca schüttelte den Kopf und begann sich zu schütteln. Dann zeigte er auf seinen Mund.

Hunger, dachte der freundliche Kellner, also kann es sich nur um einen Russen handeln.

Kakaja pizza ty chotschesch? Immer noch lächelnd quälte er sich diesen Satz hervor.

Ein kurzer Kehllaut verließ Gianlucas Mund. Giorgina amüsierte sich auf dem Aschenbecher und sah in den wolkenleeren Himmel.

Nach zehn Sekunden verschwand das Lächeln des Kellners. Chinesisch kann ich nicht, sagte er, drehte sich auf dem Absatz um und ging in den Laden zurück. Kurz darauf erscholl aus dem Ladeninneren der Satz: Mamma mia, vaffanculo, Idiota. Gianluca klappte den Mund zusammen, das Rot wich aus seinem Gesicht, und er staunte: Das kann nicht wahr sein. Ein Italiener. Ein echter Italiener. Ein echter Italiener mit einer italienischen Mutter, einem italienischen Vater, einer italienischen Oma, einem italienischen Opa, italienischen Onkeln und Tanten und italienischen Schwestern und Brüdern …

Ja, ist ja gut, Gianluca, rief Giorgina.

Ein echter Italiener aus Italien mit einer echten Pizzabude. Das darf nicht wahr sein, sang Gianluca in akzentfreiem Italienisch.

Der Kellner, der diesen Freudenausbruch wohl wahrgenommen hatte, kam nach einer Minute der Sammlung völlig aufgelöst und tränenüberströmt aus dem Laden. Die beiden fielen sich in die Arme und drückten und herzten sich. Die anderen Gäste ergriffen die Flucht.

Nach einem Viertel Chianti hatten die beiden die Fassung wiedergewonnen. Giorgina hatte sich inzwischen an der Grappaflasche unbemerkt bedient.

Ich habe schon geglaubt, ich könne meine Muttersprache nicht mehr, sagte Gianluca.

Ich auch, sagte der Kellner, der sich als Daniel aus der Löwengrube vorstellte. Er war jedoch nicht aus der Löwengrube, sondern aus Livorno. Dass Livorno im Norden liegt, spielte keine Rolle. Hauptsache zwei Italiener lagen sich in den Armen; sie brauchten lange zum Neuigkeitenaustausch. Die Leute, die an dem Laden vorbeigingen, griffen sich an den Kopf und dachten »Sonnenstich«. Selbst die Hunde wechselten die Straßenseite und vergaßen vor Schreck zu kacken.

Lassen wir die Politik aus dem Spiel, sagte Daniel, sprechen wir nicht über die Unterschiede von Nord und Süd. Lass uns über Schöneres und Witzigeres reden.

Blondgefärbte Politik und blondgefärbte Pornographie ergeben eine schwarze Seele.

Daniel fing an zu singen: Cicciolina war eine gefärbte Blonde aus Livorno, die beste Mischung aus Politik und sadistischem Porno.

Bitte nicht, Daniel, rief Gianluca. Ein paar Häuser weiter bin ich schon Gesangsbegleiter von vier Steuerberaterinnen und singe jeden Tag Don Giovanni. Bitte verschone mich mit deinem Gesang.

Ich bin aber der Urenkel von Enrico Caruso, schmollte Daniel.

Das kannst du deinem Urenkel erzählen, lallte Giorgina, dann bin ich die Tante vom Minol-Pirol und die Mutter von Frank Zappa.

Darauf noch einen Grappa.

Ich habe dir doch gesagt, heute ist Mineralwassertag, Giorgina, rief Gianluca. Komm sofort hierher.

Man wird doch auf das Wiedersehen mit einem Landsmann einen trinken dürfen. Was soll ich denn sonst machen, wenn ihr euch über italienische Pornopolitik unterhaltet.

Halt den Schnabel oder flieg zu deinen Artgenossen in den Tierladen und mache dort Terror. Und störe nicht, wenn sich erwachsene Menschen unterhalten.

Giorgina überlegte eine Weile, kratzte sich mit dem Flügel am Kopf, schüttelte sich, setzte eine wichtige Miene auf und sprach: Gut, Gianluca, jetzt werde ich dir mal beweisen, dass ich auch noch zu etwas anderem gut sein kann. Auf Wiedersehen, mein Bester, wenn es denn ein Wiedersehen gibt.

Giorgina nahm sich eine eingeschweißte Tüte Tortellini aus dem Topf und flog auf die Straße.

46

Schon seit längerer Zeit waren Giorgina gewisse Stimmen ins Ohr geklungen, die ihr bekannt vorkamen. Erst meinte sie, es seien Traumstimmen, dann betrachtete sie diese Geräusche als Einbildungen, die aus ihren Trunkenheitsfantasien kamen. Jetzt, am Mittag, aber wurden die Stimmen lauter und deutlicher denn je. Giorgina flog nach dem Verlassen des Mosaik in Richtung Schönhauser Allee durch die Kuglerstraße. Und sie entdeckte, was sie im Herbst, im Winter und im Frühfrühling erfolgreich übersehen und somit verdrängt hatte. Einen Laden für Exotenvögel.

Giorgina ernüchterte schlagartig, weil die Stimmen von Meter zu Meter, von Sekunde zu Sekunde lauter und trauriger wurden. Klagelieder, Lamentos und Totenmessen in allen Vogelsprachen der Welt drangen aus diesem Zooladen in Giorginas unsichtbare Vogelohren. (Vögel sollen keine Ohren haben. Das ist optisch nachweisbar. Vielleicht hören sie mit dem ganzen Körper?) Es war keine akustische Täuschung mehr. Die Vögel schrien, sangen, brüllten, tschilpten, krächzten, tirilierten bettelnd um ihre Befreiung aus den Käfigen. Sie hatten Giorgina schon eine Weile an ihrem Ladengefängnis vorbeifliegen sehen. Jetzt, da das Wetter draußen ihre Fluggelüste und Paarungsinstinkte bis zur Schmerzgrenze gereizt hatte, waren sie sich einig. Nur dieser Vogel, dieses sizilianische Verwandlungsergebnis, konnte sie aus ihren Metallstäbenkerkern befreien. Ein einziger Ruf formierte sich, nur für Giorgina verständlich, in den Steingrüften der Kuglerstraße:

Giorgina, alte sizilianische Rotkehle,
Befreie meine arme Vogelseele
Aus diesem engen, tristen Ladenzoo,
Holde Freiheit, wo bleibst du, wo.

So, meine Damen und Herren gefiederte Artgenossen! Jetzt ist es an mir, eine historische Tat für die gesamte Vogelheit zu vollbringen. Jetzt fällt es mir wie Schuppen aus den Federn. Wie konnte ich euch so lange schmachten lassen. Wie konnten mir die geistigen Getränke so lange den göttlichen Verstand vernebeln. Ich hole euch raus aus diesen Verliesen der menschlichen Tierliebe.

Die Inhaber des Zooladens wähnten sich in Sicherheit und tranken im benachbarten Bumerang Kaffee. Nur ein Kind mit Rollschuhen, das offenbar Ferien hatte, saß am Computer spielend im Laden und hatte die Restwelt vergessen.

Giorgina flog durch die offene Ladentür und sah sich um. Die Vögel verstummten gleichzeitig und sahen sie erwartungsvoll an. Die anderen anwesenden Tiere übten sich in Ignoranz und schauten an die Decke.

Wohin sollte ich diese anderen Tiere auch befreien, dachte Giorgina, in welche Freiheit soll ich einen Guppie aus dem Aquarium entlassen, oder was nützte diese Freiheit einem gezüchteten Meerschwein oder einem domestizierten Hamster? Gar nichts. Sie begann ihre Runde und öffnete mit dem Schnabel jeden Vogelkäfig. Die Vögel verharrten bewegungslos auf ihren Stangen und starrten in den Laden. Einige knabberten verschämt an ihren Futterkolben, andere steckten ihre Köpfe in die kleinen Wassernäpfe und schlürften verlegen darin herum. Was ist, rief Giorgina, wollt ihr nun raus oder nicht? Muss ich euch erst Beine machen oder habt ihr das Fliegen verlernt? Stille. Giorgina atmete tief ein und sang:

Vögel hört die Signale,
Auf zum letzten Gefecht,
Vögel räumt die Regale,
Ob Meise, Fink oder Specht,
Erkämpft das Vögelrecht.

Ein etwa hundertzwanzig Jahre alter Rabe räusperte sich leise. Vogelrecht, krächzte er, es muss Vogelrecht heißen. Das Recht zum Vögeln haben auch andere Lebewesen, und ich halte es für infam, den geschlechtlichen Vorgang mit unserer Art der Fortpflanzung gleichzusetzen.

Na, dann pflanz dich mal fort, alleine in deinem überdimensionalen Käfig, weiser Rabe.

Ich fliege los, sagte ein Kanarienvogel und wagte als Erster den Schritt in die Freiheit. Doch weiter als bis zur Ladenkasse kam er nicht. Das lange Eingesperrtsein hatte seine Spuren hinterlassen.

Muskelschwund, diagnostizierte ein Wellensittich. Unfreiheit lässt die Muskeln schwinden.

Wenn ihr noch länger klug daherplappert, kommen die Inhaber aus dem Café zurück, dieser Computerfreak entdeckt, dass er doch noch ein Kind ist, und ihr habt eure Unfreiheit wieder.

Eine kleine Blaumeise wagte als nächste den Schritt. Sie flog sofort zu Giorgina, umkrallte und herzte sie. Giorgina ließ diese gleichgeschlechtliche Anwandlung kalt, sie fing an zu kreischen:

Vögel, zur Sonne zur Freiheit,
Vögel, zum Lichte empor!
Hell aus dem dunklen Vergangnen
Leuchtet die Zukunft hervor.

Die Blaumeise stimmte ein:
Vögel, in eins nun die Krallen,
Vögel, das Sterben verlacht.
Heute zeigen wir's allen,
Heilig die letzte Schlacht.

Es dauerte eine Weile, bis sämtliche Käfigvögel Herr ihrer Sehnsucht wurden und ihre Vogelbauer zaghaft verließen. Einzig der Rabe blieb sitzen und sinnierte weiter über den Bedeutungsinhalt des Wortes »vögeln« nach. Den berollschuhten Computerjungen mit dem umgedrehten Baseballkäppi rührte der Lärm nicht. Er schien ihn überhaupt nicht wahrzunehmen und surfte weiter im Internetz aller angeschlossenen Zoohandlungen des Erdballs. Giorgina führte die gesammelte Vogelschar auf das Dach des gegenüberliegenden Hauses. Erneut verstummten alle Käfigvögel und starrten erstaunt und sprachlos auf das Panorama der Stadt Berlin.

Morgens gegen fünf Uhr fiel die Gruppe der Zoo- und Exotenvögel in den Kuglerpark ein. Zwar verdunkelte sich nicht gleich die Sonne, denn die schien noch nicht, auch das Mondlicht wurde nicht gespenstischer, aber für die anwohnenden Heimatvögel musste dieser Überfall etwas erschreckend Lähmendes haben. Sie leisteten keinen Widerstand. Warum auch? Schließlich kamen diese seltenen Vögel nicht in kriegerischer Absicht. Sie einte nur ein Gedanke, sich endlich fortzupflanzen. Nicht untereinander, das hätten sie auch in ihren Herkunftsländern haben können, nein, Giorgina hatte ihnen auf dem Dach lang und breit auseinandergesetzt, wie spannend und überraschend es wäre, völlig neue Arten zu schaffen, abgesehen von den vielen neuen Erfahrungen, die lange eingesperrte Vögel auf erotischem Gebiet machen konnten.

Das Gleiche müssen wohl auch die ansässigen Arten gedacht haben, denn nach kurzem Gezeter und Gepiepse stiegen ganz andere Geräusche in den Morgenhimmel von Berlin.

Ein Wellensittich hatte keine Schwierigkeiten, sich ohne viel Federlesen mit einer Spatzenbraut zu paaren. Ihr Verlobter wiederum ging sofort auf das Angebot einer Blaustirnamazone ein. Die Tauben und Täuberiche warfen sich sogar vorher noch in ein paar übrig gebliebene Pfützen, um sich zu waschen und den Ruf der fliegenden und stinkenden Großstadtratten loszuwerden. Sie paarten sich vorwiegend mit Papagenos und Papagenas.

Ein Nymphensittich brauchte etwas länger beim Wählen und stellte nach einer halben Stunde fest, dass ihm die Herren unter den Vögeln lieber waren, und begann ein inniges Verhältnis mit einem etwas bejahrten Buntspecht. Es war beiden klar, dass sie damit keinen wesentlichen Beitrag zur Neukreation von Arten leisten konnten, aber das war ihnen egal.

Ebenso ging es dem Paar aus Ringeltaube und Blasskopfrosella, das auf einer alten Buche fröhlich und ungetrübt schnäbelte. Ein Kakadu fand eine Amsel, ein Grausittich poussierte mit einer Möwe, die die Paarungsgeräusche offensichtlich bis an die Spree gehört haben musste.

Fremd war auch ein Wiedehopf. Wie der von dem außerordentlichen Ereignis erfahren hatte, ist unklar, denn er wohnte weit weg, in der Uckermark. Und er hatte auch nicht viel Glück. Er hatte es ausschließlich auf Giorgina abgesehen, und die wusste genau, was sie von diesem Knaben zu erwarten hatte, denn er hieß nicht umsonst Wiedehopf, eine etwas verkürzte Form von Wieder und wieder und wieder hupf. Außerdem war ihr überhaupt nicht nach Erotik, und wenn, dann nur mit Fritze Schmidt. Aber der war nicht da. Und der Wiedehopf zog beleidigt von dannen. Sie betrachtete die Paarungsfestivitäten vom höchsten Baum des Parks und hatte das erste Mal im Leben das Gefühl, etwas wirklich Produktives für die Tierwelt geleistet zu haben.

Gegen neun Uhr flogen alle neuen Paare aus der Stadt, um eine gemeinsame Vogelhochzeitsparty anderswo zu feiern.

Ein Ruf erscholl über ganz Berlin:
Wir sind nicht mehr die öden Exoten,
Hitchcocks Vögel sind wir und Chaoten!

47

Am nächsten frühen Morgen trafen sich Gianluca und Giorgina auf der S-Bahnbrücke. Ein gespenstisches Zwielicht aus Dämmerung und Peitschenlampe leuchtete von Westen herüber. In der Mitte der Brücke blieb Gianluca stehen und sah auf die Waggons der Bahn, die darunter vorbeifuhr. Was passiert, wenn ich jetzt runterspringe, dachte er. Es kann sein, ich lande auf dem Dach, etwas unsanft zwar, und fahre weiter, oder ich falle zwischen die Waggons und sterbe.

Besser Russisch Roulette, sagte Giorgina und erbrach sich dabei über die Brücke.

Es wird wohl ein bisschen viel mit der Zeit, sagte Gianluca. Und du bist lebensmüde.

Solange du mir immer noch Sorgen machst, werde ich gebraucht, und wer gebraucht wird, ist verpflichtet, weiterzuleben.

Giorgina sah Gianluca mit großen Augen an und flatterte auf seine Schulter und pickte ihn am Ohr. Ihr Blick verklärte sich etwas, aber nicht, weil ihr wieder schlecht wurde, sondern weil sie etwas sagen wollte, was sie sich nicht gestatten wollte.

Du liebst mich, gib's zu, sagte Gianluca.

Giorgina zwitscherte etwas, das Gianluca nicht verstehen konnte. Vogelsprache. Sie benutzt wieder Vogelsprache, weil sie scheu und schüchtern ist, dachte Gianluca.

Lass uns einen Kaffee trinken gehen und ein großes Stück Torte essen, sagte Giorgina und flog weiter.

Ein enormer Sinneswandel, ein immenser Sinnenwandel. Gianluca blieb stehen. Die Dämmerung löste sich in Dunkel auf. Sie standen vor der Geht-Sieht-Man-Nie-Kirche.

Ich kann mir gar nicht vorstellen, dass auch hier mal große Prügeleien stattgefunden haben sollen, sagte er. Wir sind die ganze Zeit daran vorbeigelaufen. Gethsemane war der Garten, in dem Christus sagte: Beim dritten Hahnenschrei wirst du mich verleugnen, Petrus. Du wirst mich nicht mehr erkennen wollen. Der Geist ist willig, aber das Fleisch ist schwach. Lass diesen Kelch vorübergehen, sagte er auch.

Und dann kam Judas, küsste Christus, und die Sache war gelaufen, sagte Giorgina. Wir danken dir, blaue Wolke, dass du uns an diesem scheinheiligen Ort daran erinnert hast.

Von Westen kam ein sanftes Donnergrollen.

Was immer dieser Judaskuss auch bedeutet hat. Verrat ist ein großes Wort, Erlösung ist ein großes Wort. Geht, sagt mir die Kirche, man sieht nie, was hier eigentlich vorgefallen ist.

Ein Jünger soll einem Soldaten wenigstens ein Ohr abgehauen haben, sagte Giorgina.

Ein betrunkener Mensch stolperte aus dem Eingang der Gaststätte *Anker* über die Straße und fiel im Kirchgarten vor die Christusstatue.

Lass uns diesen unheimlichen Platz verlassen. Es ist zu still hier.

48

Sie erreichten die Kneipe *Granateninsekt*. Drinnen war es übervoll. Viele Leute waren um einen runden Tisch versammelt und redeten wild, aber eigentlich gelangweilt durcheinander.

Und wahrlich, ich sage euch, es war eine Revolution, sagte ein schlanker, schon graumelierter junger Mann mit einer Nickelbrille.

Das soll wohl ein Witz sein. Wir haben den Kapitalismus eingeführt. Das war ein Rückschritt und keine Revolution, sagte ein zweiter, sehr langer und sehr blonder Mann mit einer langen Nase.

Ich sehe das alles nicht so verbissen, sagte ein langhaariger Mann ohne Zähne und schüttete sich in einem Zug einen halben Liter Bier in den Kopf.

Nur die D-Markations-Linie liegt heute woanders, sagte ein junger Mann mit einer dicken Glatze, rein ökonomisch gesehen war es der einzige Weg aus dem D-Saster.

Sehr witzig, sagte eine Frau mit einem dürren Gesicht und zog am Pferdeschwanz eines sehr aufgedunsenen Mannes, der am laufenden Band Zeitungspapier zerknüllte, dann zerriss, die Schnipsel wieder zusammensetzte und auf ein Stück Papier klebte. Mindestens haben wir neue Kommunikationsformen gefunden, sagte er, und eine Revolution im Pressewesen war es allemal.

Ein nach innen grinsender Mann mit Stupsnase nahm kleine Kopfhörer aus seinen Ohren und stieß einen lauten Brunftschrei aus. Wir zerstören jetzt, was in uns schon lange kaputt gemacht war, damit wir es am Ende nicht mehr ganz machen müssen.

Sehr logisch, sagte ein etwas ruhigerer Mensch, den das Ganze kalt zu lassen schien. Ich bin nur dafür, dass das Briefporto nicht erhöht wird, sondern eher erniedrigt. Damit die Leute sich wieder was zu sagen haben. Und nicht durcheinander brüllen wie ihr. Die Briefkultur ist auf den Hund gekommen. Und die Hunde nehmen überhand in dieser Stadt.

Dann mach doch die Hunde zu Briefträgern, sagte der aufgedunsene Mann mit dem Pferdeschwanz.

Gianluca stand am Tresen und sah dem Treiben um den runden Tisch zu.

Bin ich hier im falschen Film? fragte er den Mann hinter dem Tresen.

Nein, antwortete der und ließ Bier in ein großes Glas. Du bist hier in einem richtigen Theater und hast einen guten Platz erwischt.

Der Mensch hinter dem Tresen schien sich für die Aufführung nicht besonders zu interessieren. Er lächelte stoisch in sich hinein und schlug ab und zu seine langen Wimpern nieder. Die Themen, die die Menschen am runden Tisch erörterten, wenn es überhaupt Themen waren, hatte er offenbar weit hinter sich gelassen. Diese Gelassenheit ermöglichte es ihm, die eher monotone Tätigkeit des Biereinlassens, Kaffeemaschinenbedienens und Kuchenauflegens zu einer völlig nebensächlichen Beschäftigung zu machen. In Wirklichkeit war er ganz woanders.

Die Frau, die die Teller, Tassen und Gläser unter die Gäste zu verteilen hatte, schien ihm seelenverwandt zu sein. Außerdem musste sie eine unsichtbare Anziehungskraft auf Giorgina ausüben, die sofort auf ihre Schulter geflogen war und sie auf all ihren Wegen durch die Kneipe nicht mehr verließ. Gianluca sah es mit Fassung und völlig uneifersüchtig. Die übrigen Gäste nahmen ohnehin keine Notiz von den Ereignissen um sie herum und trieben ihr Spektakel in immer höherfliegende Regionen. Nur der Postmann hielt sich mit seinen Bemerkungen abseits. Wie der langbewimperte Tresenmann und seine Freundin war auch er nicht ganz von dieser Welt. Gianluca fragte den Mann hinter dem Tresen, woher er sei.

Aus Velten, sagte der Mann kurz.

Auf den Arm nehmen kann ich mich selber. Aus welchen Welten?

Von diesen Welten, aus Velten.

Aus irgendwelchen hiesigen Welten sind wir alle.

Aus Velten, sagte der Mann immer noch sehr geduldig, das liegt in der Nähe von Oranienburg. Und meine Freundin kommt aus Tirolien. Das liegt in Norditalien.

Gianluca verschlug es für einen Moment die Sprache. Alte Ängste stiegen in ihm hoch, er dachte an die Zeitung, die er gelesen hatte. Nicht nur, weil dort stand, dass es ein paar Verrückte gab, die in Norditalien einen neuen Staat gründen wollten, sondern eher die Tatsache, dass Annabella, so hieß die Kellnerin, mit jemandem Ähnlichkeit hatte, den er gut kannte. Ein Gesicht aus der Vergangenheit, das nicht hierher gehörte.

Der Postmann hatte sich zu ihm an den Tresen gestellt.

Es hat keinen Sinn, sich an solchen Veranstaltungen zu beteiligen. Ich halte die Klappe, sagte er. Wenn das Briefporto abgeschafft wird, sage ich den Untergang voraus. Aber vorher ziehe ich mich auf die Azoren zurück.

Worum geht es eigentlich hier? fragte Gianluca.

Der junge Mann mit der dicken Glatze zerbrach die Brille des schlanken Graumelierten.

Um nichts als den Untergang der Postmoderne, sagte er.

Der Graumelierte weinte darüber in die Zeitungstrümmer des aufgedunsenen Mannes mit dem Pferdeschwanz. Der aufgedunsene Pferdeschwanz suchte unter dem Pullover der Frau mit dem dürren Gesicht verzweifelt nach Brüsten und schrie: Ich will aber schwul sein.

Die Frau mit dem dürren Gesicht versuchte, sich mit den Resten eines Bierglases die Pulsadern aufzuschneiden, was ihr nicht gelang. Der ewig grinsende Mann mit der Stupsnase schlug dem langhaarigen Mann in der Ecke den letzten Zahn aus, röhrte wie ein Hirsch und sagte leise: Jetzt kannst du alles voll und ganz richtig unverbissen sehen.

Gianluca hob die schlafende Giorgina vorsichtig von Annabellas Kopf und setzte sie sich auf die Schulter. Als er in die Morgendämmerung ging, sah er noch einmal zurück.

Die Fenster des *Granateninsekts* sahen aus wie die Fenster eines Terrariums, in dem lauter mumifizierte Käfer lagen. Im Licht des beginnenden Morgens ein Bild immer mehr verblassenden Grauens. Ein komisches Koma. Gianluca ging in Richtung Kuglerpark und überlegte immer noch, wo er das Gesicht der Kellnerin Annabella schon einmal gesehen haben konnte.

49

Es war wieder Herbst. Giorgina schlief noch und hatte sich über Nacht mit abgefallenen Blättern aus dem Kastanienbaum bedeckt. Sie träumte von der jungen Frau Kraftschick, ihren goldenen Ohrringen und ungeheuren Mengen Eierlikör. Das Ganze fand vor hundert Jahren in einem großen Freigehege für Vögel südlich der Alpen statt, wo Frau Kraftschick als Vogelberingerin arbeitete.

Gianluca verließ leise den Park, überquerte die Schönhauser Allee und ging in Richtung Westen, wohin er noch nie gegangen war.

Die Straße war nach der Insel Bornholm benannt, aber wie Gianluca bereits erfahren hatte, führen nicht alle Straßen an den Platz, dessen Namen sie tragen. Diese hier stieg leicht an in ein Nirgendwo, und da es noch sehr früh war, atmete dieses Nirgendwo sehr laut, lauter als es am Tag zu hören war. Zwischen Nacht und Tag war das Atmen der Stadt deutlicher zu hören als sonst, weil kaum ein Auto fuhr, weil keine Passanten sich beschimpften und weil Polizei- und Feuerwehrsirenen Sendepause hatten. Zwischen vier und sechs wurde seltener in Betten geraucht, wurden kaum Banken überfallen, wurde kaum jemand erschossen. Wer auch immer unter dieser Stadt atmet, sein Atem geht in dieser Zeit freier und gelöster als sonst, dachte Gianluca, als er in der Mitte der Bornholmer Brücke angekommen war. Die städtische Energieversorgung hatte vergessen, die Bogenlampen auf der Brücke zu löschen, so dass Gianluca für einen Moment den Eindruck hatte, sie sei nicht nur die Verbindung zwischen dem Ost- und Westteil der Stadt, eine Überführung wegen der Bahnanlagen, sondern eine Art Freiluftkathedrale. Als er von der Mitte nach rechts und links in die Straßenschluchten sah, fühlte er sich auf eigenartige Weise über die gesamte Stadt erhoben und konnte nicht verstehen, wie diese Brücke vor nicht langer Zeit mal die Grenze zwischen zwei so ähnlichen Stadtteilen gewesen sein sollte und erst recht nicht von Staaten. Er konnte sich nicht vorstellen, dass die Bahngleise zu beiden Seiten von einer Mauer eingeschlossen waren und dass die Stelle, an der er jetzt stand, einmal Niemandsland war. Niemands Land. Niemandsland zwischen Schönhausen und Wedding.

Hier also hatte die riesige Sektparty stattgefunden, von der ihm Kalle Kurzweg erzählt hatte und bei der so eine Art Hochzeit gefeiert worden sein sollte. Vielleicht brannte deshalb die Festbeleuchtung auf der Brücke noch.

Schön hausen und mit einer freundlichen Frau verheiratet zu sein, ein Haus auf dieser Brücke haben mit zwei Ausgängen: nach Ost und nach West, morgens die Sonne aufgehen sehen und abends unter, darunter die fahrenden Züge zu hören, damit das Fernweh einschläft. Das ist was anderes als ein Leben auf der Parkbank, immer in der Angst, von irgendeinem Parkwächter, von der Polizei oder von Frau Terzki, in welcher Traumverkleidung auch immer, aufgescheucht zu werden. Warum springe ich nicht einfach auf einen dieser fahrenden Züge, fragte sich Gianluca, als er die Brücke wieder verließ. Jetzt erst gingen die Bogenlampen aus. Dann verlor er sich mit den Traumresten im Bahngelände. Die ersten Straßenbahnen begegneten sich hinter ihm auf der Brücke, und aus dem Dunkel der Hauseingänge kamen die ersten Hundebesitzer mit ihren noch verunsicherten Tieren. Die verschwanden in einem entlegenen Park. Danach erschienen die ersten Menschen, die zur Arbeit gingen, die ersten Kinder begaben sich auf den Weg in die Schule. Gianluca ging an den Häuserschluchten langsam die Straße entlang, die am Bahngelände vorbeiführte und das frühere Grenzgebiet markierte. Die Grenze gab es sichtbar nicht mehr, nur einzelne Betonreste waren noch zu erkennen und ein paar vorbeihuschende Ratten, die kein Hund vertreiben konnte. Eine neue Grenze war zu spüren, die Grenze bestand aus vorbeifahrenden Zügen, die Reisende von Siedlern trennte, wenigstens für den Moment des Vorbeibewegens.

Wer bin ich, fragte Gianluca, ein auf seinen Platz gebannter Reisender oder ein flüchtender Einsiedler?

Er betrachtete die erleuchteten Fenster, hinter denen es noch Leute gab, die nicht auf die Straße gegangen waren. Manchmal konnte er genau erkennen, was die Leute hinter den Fenstern taten. Diese Tätigkeiten schienen ihm im Licht des Morgens wie Rituale auszusehen, weil sie sich ähnelten und ihr Tempo durch die Entfernung verlangsamt schien. Vielleicht war es auch der fehlende Nachtschlaf, der die Stimmung ringsherum so anders machte.

Gianluca sah die Stadt wie unter der Lupe oder wie durch ein umgedrehtes Fernrohr. Entfernt und nah zugleich, normal sehen konnte er nicht mehr. Vielleicht habe ich doch noch einen Ausweg aus diesem unsteten Dasein, dachte Gianluca. Ich werde Astronom für intergalaktische Insektenforschung.

Die Gegend wurde trotz des heller werdenden Tages immer trüber. Die Zahl der dunklen Fenster nahm zu, und das Zwielicht verschwand. Nach einer halben Stunde und weiteren drei Kilometern Steinwüste aus teils unbewohnten Häusern erreichte Gianluca eine weit ausgedehnte Baugrube, die von vielen Kränen umgeben war. Reste von Tribünen erinnerten an ein Stadion, das früher hier gestanden haben musste. Auch die Überreste von Flutlichtmasten waren noch zu erkennen. Und Berge aus Betonmüll, verrosteten Eisenträgern und verfaulten Trainingsjacken. Beim Passieren des Geländes sah Gianluca die Alpen, dann das Mittelmeer, aber so sehr er sich auch in den Arm kniff, weiter ging die Reise nicht.

Wenn ich die Verantwortung für alle meine Träume der Alpenluft zuschieben könnte, fände ich für alles eine Erklärung, dachte Gianluca und ging durch die Stadionruinen zurück auf die belebtere Straße. Am Stadioneingang stand ein zu früh gekommener Bauarbeiter. Er schien auf jemanden zu warten und musterte Gianluca mit zusammengekniffenen Augen.

Gianluca beeilte sich, den unwirtlichen Ort zu verlassen.

50

Wunschlos unglücklich ist fast der traurigste Zustand, den ich mir vorstellen kann, sagte Gianluca am einunddreißigsten Oktober neunzehnhundertsiebenundneunzig gegen drei Uhr fünfundzwanzig, als er mit seiner schon wieder leicht angesäuselten Gefährtin an meinem Bett stand und an meinem Laken zurrte.

Dieses Mal wachte ich wirklich auf. Ich wollte ihn wegschieben, aber er blieb stehen und starrte mich mit seinen großen Augen an. Seine gefiederte Prinzessin machte sich inzwischen am Kissen meiner schlafenden Gefährtin zu schaffen, doch neben der hätte heute eine Achterbahn einstürzen können, sie würde weiterschlafen.

In letzter Zeit hatte sie jedoch öfter den Satz »Halt den Spielfilm an, Brasch« von sich gegeben und behauptet, ich sei eine optische Enttäuschung. Das alles in einer Lautstärke, die man von einem schlafenden Menschen nicht erwarten kann und der ich nichts entgegensetzen konnte als zustimmendes Kopfnicken. Sie selbst jedoch war von diesem Kundgebungston nie aufgewacht, ein wahres Wunder. Außerdem wird es Zeit, die Uhr umzustellen, denn bald nun ist Winterzeit, und da geht die Sonne früher auf, sagte sie, es ist auch besser für die Volkswirtschaft.

Ja, wenn die Menschen bei hellerem Licht aufwachen, erhöht sich die Freude an der Arbeit, wenn sie noch eine haben …

Halt endlich die Fresse, Cardinale. Nimm deine besoffene Vögeline und zisch ab in den Park.

Dafür, dass wir für dich die Gegend abgegrast haben, bist du etwas undankbar.

Ich wollte ihm eine Ohrfeige geben, aber er wich aus. Gianluca zog eine Grimasse und streckte mir die Zunge raus. Ich tat dasselbe.

Komm endlich zu Ende mit deinem Märchen, sagte Gianluca, lüftete seinen roten Hut und verließ das Zimmer. Ich folgte ihm gehorsam in die Küche und setzte mich an den Tisch. Während er den Kaffee machte, sah ich schweigend dem Laubfall auf der Hofkastanie zu.

Giorgina zerflatterte inzwischen das Kissen und die Frisur meiner Gefährtin, die weiterhin den Schlaf der ungerechten Ahnungslosen schlief und wahrscheinlich träumte, sie bekomme von der portugiesischen Exkönigin den Nationalpreis für Korkeichenmalerei.

51

Nach einer Stunde Abkreischen des Liedes *Bandiera rossa* hatten sie es geschafft. Selbst meine Gefährtin war aus ihren verkorkten Nationalpreisträumen erwacht und hatte, nach wie langer Zeit eigentlich, mürrisch das Bett verlassen. Wir gingen zu viert aus dem Haus, als seien wir eine alte Familie: Vater, Mutter, Sohn und Haustier. Die große Frage war nur, wer war Vater, wer Mutter, wer Sohn und wer spielte die Rolle des Haustiers.

Wir fuhren mit der U-Bahn bis zum Alexanderplatz. Dort löste Gianluca Eintrittskarten für den Fernsehturm. Es gab einige Diskussionen mit der Frau hinter dem Schalter, ob Giorgina mitfahren dürfe und wenn, was sie dafür zu zahlen habe. Am Schluss bezahlte Gianluca knirschend den halben Preis.

Im Fahrstuhl sahen wir uns schweigend an. Meine Gefährtin war wahrscheinlich immer noch bei ihren Korkeichen in Portugal, Giorgina schlürfte in Gedanken ihren ersten Cocktail, Gianluca verfolgte abwesend die gelbleuchtende Liftanzeige, aber ich kam mir an diesem Ort völlig fehl am Platz vor. Ich konnte zwar als Jemandanders verkleidet auf die Straße gehen, aber als der, der ich in Wirklichkeit zu sein vorgab, fühlte ich mich noch fremd.

Wir setzten uns in das Restaurant, bestellten unsere Getränke und sahen auf das graue Panorama der Stadt. Obwohl ich wußte, dass es die Kuppel war, die sich drehte, meinte ich, die Stadt drehe sich um uns. Gianluca schien das Gleiche zu denken und blickte abwechselnd von mir auf die Stadt, von der Stadt zu mir, als würde er darüber nachdenken, wer sich bewegte, wir oder die Stadt.

Plötzlich spürte ich unter meinen Füßen eine Erschütterung. Ich sah aus dem Fenster, an dem gerade der halbzerfallene Palast der Republik und die Marienkirche vorbeizogen. Der Fernsehturm begann zu schwanken, und die Steine um das Marx-Engels-Denkmal begannen zu reißen. Ich sah, wie eine vergessene Thermosflasche vom Sockel fiel. Meine Augen begannen die Weite mikroskopisch zu sehen, so als hätte ich eine Lupenbrille im Gesicht. Das Gleiche geschah mit meinen Ohren. Ich hörte viele unterschiedliche Geräusche, konnte sie aber trotz der Vielfalt immer noch auseinanderhalten.

52

Gegen drei Uhr näherte sich von Süden her eine graue Wolke über den dämmernden Himmel. Sie hielt über dem Denkmal an und regnete zwei kleine Tropfen ab. Die Tropfen liefen über das Gesicht der beiden Steinmänner über die Anzüge bis zu den Schuhen. Die Farbe des Steins begann kurz grell aufzuleuchten, und der Stein fing an zu bröckeln.

Zuerst wurden die Augen lebendig. Der eine bekam braune, der andere grau-blaue. Nach noch einmal fünf Minuten regten sich die Glieder der beiden. Der eine schüttelte den Rest Steinstaub von den Hosenbeinen, und der andere klopfte sich Betonkrümel von der Schulter.

Als sie diese Morgentoilette beendet hatten, sahen sie sich an und nickten einander zu, als würden sie sich jeden Morgen um diese Zeit so begegnen.

Ebenso gelassen räumten sie mit den Füßen das Geröll beiseite und gingen langsam in Richtung Alexanderplatz.

Was ich dich schon immer fragen wollte, sagte Marx, hast du damals eigentlich mit Helene Demuth gevögelt?

Engels sah ihn an und hob den Finger: Wir hatten ausgemacht, nicht zu reden, Marx! Und uns nur stumm zu verständigen.

Man wird doch nach über hundert Jahren mal fragen dürfen. Es hat mich die ganze Zeit über beschäftigt, sagte Marx.

Wenn du nicht die Klappe hältst, gehe ich sofort an meinen Platz zurück. Ich habe keine Lust, mit einem Schwätzer meinen Morgenspaziergang zu machen.

Engels hob die Thermosflasche, drehte den Verschluss auf und trank. Dann verzog er das Gesicht und spuckte. Kalter Kaffee. Hundertneunundsiebzigster Geburtstag und Kalter Kaffee. Marx ging auf die Weltzeituhr zu und drehte das Metallgehäuse mit starkem Schwung. Er sah die Weltzeiten sich im Flug drehen und fing an zu lachen.

So einfach ist das.

Auf dem Balkon Alexanderstraße Nummer Eins, zweiter Stock, saß Margarete Schickedanz, die gerade dabei war, Vergissmeinnicht auf dem Balkon zu gießen.

Wird aber auch Zeit, meine Herren.

Sie warf einen Schal und eine Mütze in die Hecke vorm Haus. Zieht euch warm an, Jungs. Es ist noch nicht wieder Sommer.

Marx zeigte einen Stinkefinger gen Himmel, setzte sich die Schimütze aber trotzdem auf.

Dann ließ Frau Schickedanz einen kleinen Korb an einer Schnur herunter. Es waren zwei Bratwürste mit Senf und zwei Brötchen drin. Engels nahm das Frühstück heraus und bedankte sich stumm bei Frau Schickedanz.

Als Frau Schickedanz wieder in ihrem Wohnzimmer verschwand, sah sie sehr jung aus. Die beiden Utopisten gingen schweigend und essend über den menschenleeren Platz. Sie warfen die Wurstpellen hinter sich. Es kamen keine Tauben, dafür fing Gras an über den Platz zu wachsen.

Vor dem Gebäude des Populären Protesttheaters blieben sie einen Moment stehen. Das Gebäude war gläsern geworden und drinnen konnten sie ein großes Schwimmbassin erkennen. Auf dem Zwanzig-Meter-Brett stand der Intendant Franz Kassendörfer und dirigierte ein Wasser-Ballett. Weißgekleidete Badenixen jeden Alters schwammen vor dem Turm hin und her. Darunter tauchten Herren in weißen Fräcken herum und zogen ab und zu eine Badenixe zu sich herunter. Dazu erklang Tschaikowskis Schwanensee gemischt mit einem Titel der Gruppe »Lasst ihn zappeln«.

Ich wollte schon immer den *Weißen Hai* mit *Schwanensee* als Gesamtchoreografie inszenieren, rief Kassendörfer überglücklich und sprang mit einem sechsfachen Salto in das Becken zu seinen Gespielen.

Die beiden gingen weiter in die Schönhauser Allee. Der ehemals verschlossene Friedhof mit seltsamen Steinen lag offen, mauerlos vor ihnen. Das Polizeigebäude daneben war verschwunden. Vor der Filiale 413 der Berliner Sparkasse Schönhauser Allee 145 tanzten die drei Feen von der Kundenberatung um einen Scheiterhaufen mit Geldscheinen, den sie bereits angezündet hatten und sangen das Lied *Als ich einmal reich war*. Frau Börnermann, Frau Lauerfeld, Frau Friedrichsohn in *Die neue Walpurgisnacht und Die Hexen von Eastwick*, wollte Marx ausrufen, verkniff es sich aber, nachdem er Engels' drohenden Blick gesehen hatte.

Oben auf dem U-Bahnsteig Eberswalder Straße stand Frau Terzki vom Arbeitsamt und zerlegte ihren Computer. Sie warf Schrauben und Muttern, Schaltplatten und andere Teile auf die Straße und sang das Lied: Schöne Freizeit, jetzt hab ich dich wieder.

Frau Stechbart vom Einwohnermeldeamt klebte Passbilder an die Fensterscheiben des Bahnhofs und malte ihnen Bärte und Brillen auf die Gesichter.

Bernd G. Kunerjee riss Werbeplakate von allen Bretterwänden und Litfaßsäulen und klebte statt dessen Poster seiner Blumenmeerfiguren daran.

Am S-Bahnhof Schönhauser Allee stand Sylvia Engelchen Seewalde und verschmolz mit einer Kerze die Köpfe von Schokoladenweihnachtsmännern mit den Unterleibern von Marzipanosterhasen. Die Endprodukte verteilte sie an schlangestehende Kinder.

Ecke Paul-Robinson-Straße stand die Hündin Daisie und bellte alle Hunde an, die sich anschickten, auf die Straße zu scheißen.

Frau Katrin Schulz alias Houlighan erörterte laut ihren Vortrag über den »Anteil der Arbeitsvielfalt am Abwechslungsreichtum bei der Wiedervermenschlichung der Gesellschaft«.

Engels staunte und machte ihr einen Heiratsantrag in Zeichensprache, den sie ablehnte. Außerdem erntete er dafür einen strafenden Blick von Marx.

Sie gingen weiter.

Sie wuchsen.

Sie stießen mit den Köpfen an den Unterbau der U-Bahnüberführung, die daraufhin lautlos vor und hinter ihnen zusammenbrach und sich in Luft auflöste.

Aus allen Seitenstraßen strömten immer mehr Leute auf die Schönhauser Allee, um diese Verwandlung aus der Nähe zu sehen. Aus der Wisbyer Straße kamen Frau Kess, Frau Bieger, Frau Hößler und Frau Schößer und sangen vierstimmig unter Anleitung von Frau Doktor Heidi Linde ihre Vokalfassung von den *Vier Herzensjahreszeiten* frei nach Anton Vivaldi.

Auch die Orthopädin Professor Brause blieb nicht aus und färbte den beiden Utopisten die Haare grün und rot. Grau war jede Theorie und in allen Farben glüht jetzt meine Praxis, sagte sie.

Inzwischen war auch Kalle Kurzweg aus Königs Wusterhausen angekommen. Mit einem großen fahrbaren Kran, an dessen Ausleger ein kleines Häuschen hing. Er stellte es mitten auf die Kreuzung und ließ es herunter. Seine Frau schaute beleidigt zum Fenster raus. Ronnie blickte ihn fragend an, und Kalle Kurzweg sagte laut: Der alte Eigentümer ist gen Himmel gefahren.

Darf ich trotz des Schweigegelübdes mal was sagen, fragte Marx.

Wenn es unbedingt sein muss.

Die Theorie wird zur materiellen Gewalt, sobald sie die Massen ergreift.

Alte Kamellen, sagte Engels. Grau ist jede massenhafte Theorie, wenn die Materie nicht gewaltig wird, denn die Theorie wird zur materiellen Gewalt, sobald sie die Kassen ergreift.

Es begann zu schneien. Die beiden Utopisten tauchten in die Unterführung der U-Bahn in Richtung Pankow ab.

Ja, schallte es aus dem Tunnel. Ich habe mit Helene Demuth gevögelt!

Danach brach hinter ihnen die Stadt zusammen.

53

Gegen Abend wachte ich auf. Ich sah über die Lichter der Stadt. Berlin stand noch. Die Lichter schienen mir nicht mehr so hell zu sein, wie ich sie in Erinnerung hatte.

Das Restaurant war leer. Die anderen mussten inzwischen gegangen sein. Die Kuppel bewegte sich nicht mehr.

Eine freundliche Kellnerin kam an den Tisch und forderte mich freundlich auf, zu gehen, da sie jetzt Feierabend habe.

Haben Sie meine Bekannten gesehen? fragte ich sie.

Hier waren keine Bekannten, Sie haben die ganze Zeit alleine gesessen, sagte sie und räumte einen übervollen Aschenbecher vom Tisch.

Bezahlt habe ich auch schon? fragte ich sie.

Bezahlt wurde auch schon.

Und wissen Sie, ob Engels mit Helene Demuth gevögelt hat?

Engel vögeln immer demütig, sagte die Kellnerin und verschwand.

Ich fuhr mit dem Fahrstuhl hinunter und ging über den leeren Platz. Ich überlegte kurz, ob ich mit der U-Bahn nach Hause fahren oder mir vielleicht lieber ein Taxi nehmen sollte. Ich fuhr mit dem Taxi. Zu Hause schloss ich leise die Tür auf, ging noch einmal kurz durch die Wohnung, zog mich völlig geräuschlos aus und legte mich ins Bett. Meine Gefährtin schlief weiter. Sie hatte mich nicht bemerkt und war wahrscheinlich in ihrem Traum schon längst auf den Azoren.

Ich rauchte noch eine Zigarette und malte mit der Glut Kreise in die Dunkelheit.

Ich fühlte mich angenehm leer.

54

Für die Jahreszeit etwas zu kalt, sagte der Wettermann vom Berliner Rundfunk am nächsten Morgen. Ein Sturmtief Lilli kommt aus Florida auf Mitteleuropa zu, meine Hörer, und bald nun ist Weihnachtszeit. Deshalb erwärmen wir unsere Herzen ein wenig mit besinnlicher Musik. Zwischen Reformationstag und Allerheiligen, meine Damen und Herren, ob Feiertag oder nicht: Wir singen gemeinsam.

Aus einem noch erleuchteten Fenster erscholl das Lied *Schneeflöckchen, Weißröckchen, wann kommst du geschneit*, gepaart mit der Zeitansage irgendeines überlappenden Senders.

Ich ging auf die Straße und langsam in den nahen Park.

Der Wind wurde stärker, und die letzten Blätter fielen in den Park. Danach flaute der Wind ab, und es wurde völlig still. Der Rauch der verbliebenen Schornsteine stieg schnurgerade in den Himmel, die entfernten Autogeräusche verstummten von einer Sekunde auf die andere. Die verbliebenen Standortvögel hielten den Schnabel. Aus der Ferne hörte ich ein diffuses Gewirr aus Motorengeräuschen und Hupsignalen.

Die Schulkinder kamen mir aus dem Park entgegen. Sie wunderten sich sehr, denn über Nacht hatte der kleine steinerne Bär zwei Gefährten zur Seite bekommen.

Einen versteinerten Vogel und einen steinernen behüteten Mann.

Ein leichter Wind kam aus Nordwesten und brachte die erste Schneeflocke des frühen Winters. Sie sank langsam durch die Bäume zwischen die drei versteinerten Köpfe und schmolz nicht.

55

Kurz vor Weihnachten ging ich durch den frischgefallenen Schnee zu meinem Zeitungsladen.

Lange nicht gesehen, Herr Brasch, sagte die Verkäuferin, Sie waren wohl verreist?

So kann man es auch nennen, sagte ich.

Ich fahre über Weihnachten auf die Kanarischen Inseln. Weihnachten mit fünfundzwanzig Grad im Schatten. Das ist was anderes als die Kunstbräune aus dem Solarium.

Ich werde hierbleiben, sagte ich.

Das verstehe ich, sagte die Verkäuferin, wo Sie so lange verreist waren. Sie gab mir die gewohnten Zigaretten und die gewohnte Zeitung.

Ich ging in das Greifhagener Versteck, wo man mich wie einen lange Vermissten begrüßte.

Ich bestellte einen Kaffee und schlug die Zeitung auf.

Unter der Rubrik »Vermischtes« fand ich folgende Notiz:

Wintereinbruch in Sizilien.

Dem italienischen Meteorologen Professor Doktor Gianluca Cardinale ist es gelungen, der Bevölkerung des Dorfes Checosabello eine weiße Vorweihnachtszeit zu bescheren. Mit Hilfe eines Kondensationsapparates, den er im Turm der Dorfkirche installierte, gelang es dem Wissenschaftler, Flocken herzustellen und sie über dem Dorf schneien zu lassen.

Er erfüllte damit den Wunsch der Kinder und besonders seiner Verlobten Annetta Conspiranza Machiavelli, einmal auf Sizilien ein weißes Weihnachtsfest zu erleben. (Italienkorrespondent Karl-Herbert Kurzweg.)

Ich trank meinen Kaffee aus und dachte darüber nach, ob es vielleicht besser wäre, im nächsten Jahr wieder das Haus zu verlassen.

Ein Nachwort

Das ist das Giraffamel, das mir Peter vor zwanzig Jahren in mein Exemplar seines Romans gezeichnet hat. Genau betrachtet ist es jedoch Gianluca, der zwei Vögel hat. Den einen im Kopf und den anderen auf dem Rücken. Der Vogel auf dem Rücken ist eindeutig als seine Begleiterin Giorgina zu erkennen, die offenbar mal wieder einen oder zwei über den Durst getrunken hat.

Peter hat gern solche Tiere gemalt. Immer wieder. Vor allem Giraffen. Das habe nichts zu bedeuten, sagte er mal. Es sei nur so, dass er Giraffen ganz gut malen könne. Doch eben nicht nur Giraffen. Er erschuf die wundersamsten Kreaturen, die meistens einen Vogel hatten. So entstanden das Fünfhöckrige Zigarrencamel mit Duldungsvogel, der Schwangere Jahrtausendelefant mit breitem Verweigerungsvogel oder die Neunköpfige Raupe mit betrunkenem Restvogel.

Das Schöne ist, dass seine Tiere so gut wie nie einsam, sondern immer in Gesellschaft sind, das ist ja auch in dieser Geschichte so. Der höhenängstliche sizilianische Kirchturmglöckner Gianluca ohne sein vorwitziges, rückwärtig alterndes, immer angesoffenes Rotkehlchen Giorgina? Geht nicht. Er wäre verloren ohne sie. Und sie ohne ihn. Und Peter vielleicht ohne die beiden. Vermutlich hat er sich auch deshalb hineingeschrieben in diesen Roman. Der Schriftsteller Brasch, der das Haus nicht mehr verlässt und zwei Figuren erfindet, die stellvertretend für ihn die Abenteuer erleben, die er ihnen andichtet. Und der Schriftsteller Brasch schreibt in sein Tagebuch: »Manche erleben etwas, damit sie nachher darüber schreiben können. Ich schreibe etwas, damit ich es hinterher erleben darf.«

Gianluca und Giorgina schauen in dieser warmen, lebendigen, klugen, aberwitzigen und wahrhaftigen Geschichte den Schriftsteller Brasch an. Sie finden ihn ein wenig merkwürdig und haben keine Ahnung, dass er sie vielleicht nur erschaffen hat, damit sie für ihn die Welt betrachten können. Und eben auch ihn, denn: »Ich habe mich bis heute immer auf den vergeblichen Versuch eingelassen, mich mit den Augen anderer zu sehen. Ich habe mir Gedanken darüber gemacht, was mögen diese anderen, die ich nicht kenne, in diesem oder jenem Moment denken, wenn ich das oder dies tue. Ich habe mich von vornherein in einem Gestrüpp fremder projizierter Gedankenwelten verfangen, ohne das zu tun, was am nächsten liegt. Darüber nachzudenken, was ich, wäre ich ein anderer, über mich denken würde. Dieser Versuch, sich außer sich selbst zu stellen, kann in Schizophrenie enden oder in selbstquälerischer Selbstbetrachtung, die in Lähmung ausartet. Es kann aber auch das Gegenteil bewirken. Ich könnte mich noch freier bewegen, als ich es ohnehin schon tue. Vielleicht hat mich gerade diese auf mich gerichtete Außensicht befähigt, mit dem Saufen aufzuhören, ohne den Spaß am Vorhandensein zu verlieren.«

Ich erinnere mich, wie Peter mal sagte, dass die Arbeit an diesem Roman für ihn auch Selbsttherapie gewesen sei. Eine Ersatzdroge, der er sich verschrieben habe, nachdem er mit dem Trinken aufgehört hatte, das ihn zuvor ins »Delirium infantilis« hatte stürzen lassen. Er schickte sich damals selbst zur Entgiftung und änderte sein Leben. Er stand früh auf, wanderte durch seine Gegend und fotografierte sie. Er redete mit dem Bäcker, dem Säufer und der Zeitungsfrau, und wenn er zurückkam, schrieb er weiter an diesem Buch. Er malte Bilder in tiefem Blau und formte aus Ton die beiden Helden der Geschichte.

Und an noch etwas erinnere ich mich. Es war 1996, als Peter mich fragte, ob ich mit ihm gemeinsam eine Lesung machen würde. Es gäbe da so eine Reihe, in der ein Autor einen jüngeren Autor vorstellt und sie gemeinsam etwas lesen. Damals hatte ich für eine Radiosendung eine Figur erfunden, die zwischen den Songs, die ich spielte, spazieren ging und komische Abenteuer erlebte. »Dein Godot trägt ja auch einen Hut«, stellte er fest. »Genau wie mein Gianluca.« Und dann erzählte er von der Geschichte, an der er gerade schrieb.

Drei Jahre später erschien *Schön hausen*. Das ist jetzt zwanzig Jahre her. Peter schrieb damals in sein Tagebuch: »Das Buch ist da, und es stellt sich weder Euphorie noch Bestätigung noch Trauer oder ähnliches ein. Noch die lange Nase, die sagt: Seht her, es geht doch. Es ist einfach viel zu viel alter Schnee von vorgestern.« – Er war in Gedanken doch schon wieder woanders, dachte über andere

Geschichten und Theaterstücke nach und darüber, was aus ihm werden sollte, wenn das Jahrtausend zu Ende war. Da er es nicht so genau wusste, stellte er sich wieder »außer sich selbst« und verfasste eine Selbstdarstellung in dritter Person drei Wochen vor Ende des zweiten Jahrtausends: »Raucht vierzig bis fünfzig filterfreie Zigaretten am Tag. Steht meistens zwischen vier und sechs Uhr morgens auf, um Computer zu spielen und dazwischen Geschichten über einsame geile Sparkassenangestelltinnen, postinfantile Rentner, gelangweilte Huren und überdrüssige Gymnasiasten zu erfinden. Begleitet den Lebensweg seiner Lebensgefährtin mit klugen Hinweisen und blöden Witzen fast überall hin und wird von seiner Lebensgefährtin wiederum von kindlicher Zuwendung begleitet, die er nicht zu schätzen weiß, weil er meint, damit selbst zum Kind heraufgewürdigt zu werden. Raucht dann meistens mehr als vierzig bis fünfzig Zigaretten ... Hat außerdem die Fähigkeit, Maximalschokoladentafeln in Sekundenschnelle zu vertilgen. Wird wahrscheinlich deshalb irgendwann fettleibig oder platzen, wenn er nicht in einem zu kleinen Segelboot untergeht.«

Er ist nicht untergegangen. Er ist da.
Mit diesem Buch, mit Gianluca
und Giorgina und überhaupt.
Ahoi, Peter.

Marion Brasch, März 2019

Eulenspiegel Verlag –
eine Marke der Eulenspiegel Verlagsgruppe Buchverlage

ISBN 978-3-359-01144-6

1. Auflage 2019

Umschlaggestaltung: Buchgut, Berlin,
unter Verwendung eines Motivs von Thomas Brasch
Druck und Bindung: buchdruckerei.de, Berlin

www.eulenspiegel.com

6 €